和深圳一起开花

金刚 著

获深圳职业技术学院学术著作出版资助

长江出版传媒 | 长江文艺出版社

献给家人、相识的亲戚和未知的朋友

序

  从 17 岁写下第一首诗开始，一直在读诗与写诗。虽然俗务、教学和科研时时中断写作，但还好，这种中断一般不会超过 24 小时。挥手间，37 年过去。自己的第一本诗集终于整理完成。短暂的兴奋之后，我又开始新的探索。

这个春天有 37 年那么长
刚好开成一片野花
可是呀，花期那么短，只有 37 秒
你的箴言录，放在阁楼上
我们去沙漠划龙舟吧
经过黄土地，经过黑土地
划进心中的大海
因为先贤顺江而下
悄悄潜入深海

一想到就要见到久别的故人
心呀，就怦怦地跳
一想到就要和故人一同远征
心呀，就跳得更加厉害
请允许我带上我的盲鸟
在岁月的针尖上
猛拍流血的翅膀

在无限疯长的废墟上
重建我们自己的家园

本集是我原创作品结集的第一集，作品都是在我移居深圳后完成的，或多或少都隐含着深圳这座城市的特质基因。

金刚　深圳西丽航母山 2019. 2. 12

目　录

第一辑　冷与暖

傍晚　003

不止一次　004

初生　005

放射出来　006

风动石　007

最大的事　008

观摩向日葵生长　009

归来　010

归水　011

号角　012

和深圳一起开花　014

弘法寺　016

红霞绽放　017

湖景　018

蝴蝶兰　019

花雀　020

花生　022

023 怀念

025 黄昏之美

026 回到慢时光

028 回忆

030 家猪自述

032 监考

033 脚踝囊肿

035 荔枝

038 漫步人海

039 盲儿

040 梅关古道

041 那些青春的

042 鸟儿

043 女儿远游

044 平凡的人们

046 气象观测员

048 敲鼓人

050 秋天多想

052 球茎

053 去惠东

054 虚惊

056 人生

057 多么宁静

058 三缘桥

059 山间蝴蝶馆

060 生活

盛开吧，人　062

世界杯　064

试卷　065

体检报告　066

土豆　067

晚餐　069

我等动物　070

我请求　071

西藏　073

想象与现实　074

向日葵　075

早春（组诗）　077

乌鸦　082

幸好夜色拥抱我们　083

幸运儿　085

沿着城中河散步　086

养生　087

宜昌夜雨　088

游香蜜公园　089

园丁小集　090

赞美　093

长征　095

致恋爱的人们　097

终南山　098

钻石　099

最最不愿意　100

101　坐高铁穿过江汉平原

102　做一回人，添一重罪

第二辑　心景

105　病床上的孩子

106　春又回

107　渡

108　大海

109　俯身侧耳

111　甘愿

112　给孤独的飞鸟

113　浩瀚而绝望

114　黑匣子

115　黑夜

116　慧眼

117　觉醒无止境

118　镜像

119　苦味的鸟

120　一二三

122　路上

123　盲鸟

124　密林深处

125　难民

126　泥土里的

127　你必须

你太瘦　128

暖流　129

偶遇　130

平面　131

其实　133

秋景　134

如果　135

三只眼　137

别人家的　142

诗歌让我安静下来　143

诗人　144

人世间的苦学　146

手掌　147

树叶　148

提篮　149

挽歌　150

晚宴　151

我创故我在　152

缘分　154

恶已经做尽　155

咸鱼梦想　156

小令　157

心善志坚　163

夜晚　164

夜雨　165

一个人要怎样走　166

167　已经很好

169　因为最终

170　这一天

172　致敬

173　重聚

174　煮水记

176　啄木鸟

177　子宫

178　嘴巴

179　最强大的

181 东冲黑礁

第三辑　情诗集

185　Oh，Mama China

187　爱

188　不确定

189　双飞

190　动心

191　对岸是云

192　繁衍

193　恭迎

195　红莲

197　回望

198　假如

199　简称

揭开序幕 200

莲 201

路过 203

美酒 204

那错觉 206

那时，你蝴蝶一样 207

男子 209

你花开的 210

一泓清泉 211

你稳稳接住我 212

青梅皇后 213

热恋中的人 215

若不是 217

弱光 218

三月 219

闪电的女儿 220

书签 221

说不定 222

有缘 224

他说 226

很想唱 227

我豢养的 228

我们 230

我是一只鱼 232

鱼 234

喜悦 235

237　献诗

238　幸好有爱

240　幸亏有一扇窗

241　隐秘的

242　鱼浮头

243　与虎谋

244　月光

246　在世界僻静的一角

248　葬月亮的人

249　造化如此愚弄

251　这么厚

252　蜘蛛

253　纸醉了

254　走着走着

255　最美的

256　后记：怎样让一首诗朴素地成长

第一辑
冷　与　暖

傍　晚

傍晚，我走在芒果树下
一只鸟从树叶深处送来问候
"兄弟，一向可好?"
用它清脆响亮的男中音
虽然看不见它的身体
但我可以感知它的好心肠

于是，抬头回应
"嗨，伯德，我很好，你好吗?"
月亮挂在树梢上
它已经在巢里安歇
而我还要走过一段昏暗的路
才能回到远处的家

我是一只不怕走夜路的鸟
拥有火热的血、平静的心
孩子，若你为情所困
告诉我，我将为你指点迷津
孩子，若你为心魔所困
告诉我，我将为你指点迷津

不止一次

春天不止一次
当你走进植物园
每一棵树都是一架竖琴
你可以弹奏，发悦耳之音
青春绝不止一次
当你退出战场，缓过一口气
随即接受内心的邀请
投入另一个战场
每一个人都是一把吉他
你可以弹奏，发出雷鸣之音
你会被夜色绊倒，跌落进
激流奔涌的香水河
让你品味另一个大海
你会明白
每一个神都有致命伤
你可以换一种方式继续弹奏
那散落的，那远去的
还会出现在眼前
那个人的出现绝不止一次

初 生

那只不谙世事的初生蝴蝶
把美丽的海浪花
当作欢腾的春花
蹒跚着前去采蜜

村子里，蝴蝶妈妈急切地叫唤
危险，孩子
回来，孩子
花海在这边

叫声一直回荡，直到大雪飞扬
在人世间
好多妈妈也这么叫
走丢的孩子啊，是否听得见

放射出来

把你的想象力和创造力
完全地放射出来
以光，以电，以爆发力
哪怕以涓涓细流

无论以何种形式
不要让它们烂在肉里
熄灭在脑袋里
堵塞在血管里
放射出来
不要保留丝毫

放射出来
就是力量，就是美，就是创造
——你存在的直接证据
你获得价值的依据
如果憋在里面，那叫冤屈
那叫枉费心机
或者枉来人世

你只有在创造时
才配得上以人的名义活着
你只有在放射时
才会感觉到自己真实的力量

风动石

它是一只眼睛
见过世事变迁和风景轮换
它是一只耳朵
听见过自然的哀号和人类的颂歌
这些它都没有兴趣
所以，每到夜里
它都把记忆清空
面对浩瀚星空
练习对话的谜语
所以它每次见到你
都会跟第一次见面一样
静静地询问你的名字
你有些惊愕，甚至不解
其实，宇宙间没有名字是重要的
我们的名字
比风消失得更快

最大的事

父母的心愿是最大的心愿
儿女必须实现
比如百子千孙、五代同堂
因此，我们必须及时男婚女嫁
不辞辛劳地养儿育女

父母的健康是最大的健康
儿女必须提供保障
比如求医问药
最好是及早预防，提前孝顺
让健康的基因发挥到极致
一代代传承下去

观摩向日葵生长

美丽的花豹挽起蓝色袖子
对着那块正方形的土地沉思
然后，点亮一根蜡
土地慢慢变成亮黄色
她小心翼翼地播下向日葵种子
一粒，两粒
把阳光调亮一点
这时天空洒下雷暴和雨水
她撑起一把伞
在雨中等待心爱的宠物狗发芽

中午，南国的山水异常温柔
卷曲的山路再次折叠
酸性的土壤得到中和
海风托起俊俏的云
跟着太阳慢慢转动
静静含苞，静静盛开
她陷入难得的荆棘丛
摘下一盘带刺的果实
此时，古代的鱼群从天空飞来
她躲在树林后静静观察
把自己的影子当作诱饵

归　来

我们顺利归来
没有取得胜利
但完好无损的归来就是胜利
带着轻尘般的金子
从陌生的街巷和曲折的方言
以及漫长的等待和犹豫
明确地归来
夜色里灯光、星光晦暗
游鱼在梦中停止游动
美人们疲惫不堪
勇士们开始跛行
长号腐朽，音箱瓦解
在命运之帆卸下之前
我们归来，一个都不少
明亮的屋子是温暖的怀抱
焦虑的心得以安息
每个人得到了自己最想要的收获
大米、小米或瓶装空气
并进入各自的梦境
其实，我们并没有离开
归来只是一个面目不清的托词

归　水

　　某日，与朋友们游东莞粤晖园，至归水桥，见水中有大鱼，自由自在。吾欲入水从之。然吾不擅泳，且难变形为鱼。伫立良久，喟之叹之。

我们都源于水
最终，我们都归于水
早知如此
做一条鱼多好
省去了变来变去

况且，人世间好玩的也不多
法规伦理一大堆
爱恨情仇剪不碎
哪像鱼，只遵循自然法则
冬季深潜，春夏跳波
日出而游，入夜即入梦

从一个动物变成一个人
需要艰苦的琢磨
就像从人变成佛
需要巨大的质变
这缥缈的水上
苦心人成群结队
无心人一个难求

号　角

千朵花齐声吹响战斗的号角

为你吹响

灵魂奔走在尘土里

跳跃在水雾间

兄弟们已经隐身或者伪装

或者变形

而我还是从前的我，十五岁的梦想

二十岁的斗志

喜欢踏上陌生的荒道

尝试冒险的游戏

带血的长矛在云中舞动

沙滩上冲锋的号角，为我吹响

沙棘已经退至海边，再无退路

还没有彻底失败

春天没有走远

空气里的氧气和香味跟以前一样多

你的鳞片掉在泥土里

就有机会长成又一个你

向大海冲

我还是从前的我

改名，易容

是为了看不见的战斗

为了打赢更加残酷而无常的下半场
你，我，看不见对方
却在同一条战壕

和深圳一起开花

亲爱的，你要坚信
你一定会绽放
或迟或早，一定绽放
至于开成什么样的花
完全取决于你，阁下

你若开成木棉花
那是早春的红灯笼
在高高的枝丛
像一串串的福字飘动
预示今生事业成功

或者开成鸡蛋花
优雅的白配上别致的黄
见者留下念想
早餐更有营养
让孩子们在欢笑中健康成长

要不，就开成三角梅
到哪都红火青翠
把爱情谈得浪漫妩媚
把人做得正直无畏
学会宽容和吃亏

在海边，我喜欢
开成一朵白浪花
簇拥跳舞的鱼和虾
跟随唱歌的海鸥　奔向远海
做个搏击风浪的水手

或者，你就是蓝色的夜来香
在深深的地铁
遇见珊瑚上的月光
遇见美人鱼歌手
柔美的海风吹干你的思乡泪

来了，就留下，就驻扎
就和深圳一起开花
开成自己最喜欢的样子
让青春的亮色与黯然
都在阳光下尽情挥洒

作为一截勇敢的木头
我一直热衷于盛开
梦里、醒时，不曾停止过
开着开着，就老了
但是深圳，总是年轻
年轻如一朵初开的优昙花

弘法寺

人越来越多
寺还是那一个
黑云做的天网撒下来
我们谁也逃不掉
干吗要逃呢
我又不是罪犯

尘世还是那个尘世
胃口越来越贪
谁不是伤痕累累
又罪恶滔天
大师的勤俭和克己
弥足珍贵，谨记谨记

红霞绽放

天上美丽的彩云
楼上美女的丝巾
随风随雨飘落而下
落地生根，长成红霞——
大片大片的勒杜鹃花
红艳艳地拥抱这个城市

我们听从内心的召唤
从遥远的故土奔赴而来
一来，就成为花与草的亲戚
徜徉在花天与花海里
谁不是花仙子？老的少的
谁的身上没有结满甘露
谁的心里没有红霞般的愿景

心怀春天，脚步轻快
凉爽的海风滑过一地落红
落红的忧郁也是短暂的
转眼就是干净的蓝天
嗨，这里盛产最美的红霞
就寄一片红霞给远方的你

湖 景

在巴拉瑞特清澈的湖泊
又见湖面漂浮着苦草
仿佛是故乡保安湖的大闸蟹
在水下挥动锋利的剪刀

这里是澳洲,没有老朋友
这些柔美的浮草是何方神圣所为?
黑天鹅的女中音从近旁传来:
灵魂里有些力量从来不会显现

蝴蝶兰

自从 2011 年 1 月 22 日把学院工会赠送的蝴蝶兰从办公室抱回家置于阳台，每个早晨，我起床后的第一件事就是去看花，数数又开了几朵，浇浇水，听听花语，也让花听听我的喃喃自语。这盆花让早晨有了某种意义。我感谢送花的朋友，也感谢不知名的育花人和运花人。

从青天而降
一群紫蝴蝶
落于寂寞的枝头
耐不住寂寞呵，这动物的本性，展翅欲飞
可终究没有飞离
在有生之日
蝴蝶安居于花心
安居于陋室

一盆磁性的火焰
熊熊燃烧
那高温！仿佛融化的红铁，又好似冬天的阳光
恰好适合我抚摸，亲吻
恰好抵挡这个季节的冷
空气清新的阳台
是自家的小宇宙
足够我长久漫游

花 雀

黄昏，我快走如风
赶往天堂图书馆
闭馆之前
忽然看见，前面不远处
落着一只美丽的花雀

我悄悄悄悄靠近，怕它飞走
你知道，我
一个小心翼翼的动物
观察者

走到跟前，它依旧不动
黄绿花纹的羽毛有些蓬松
头低垂，眼皮塌下
翅膀忽而吃力地撑起，又垮塌
我弯下腰，听见一丝哀鸣
它身旁还有一摊湿痕
是它呕吐出来的苦水

它一定生病了，病得不轻
显然不是简单的消化不良
老年痴呆，不像
食物中毒，禽流感？

肌肉萎缩，还是癌症？

如果是小时候
我一定会捧起它，带回家
喂食喂水，喂我吃过的药
像个认真的医生

但是，现在我什么也没有做
只有一丝不易觉察到的怜悯
闪过心头
我离开，还不断回头看看

它一定不久于人世
准确地说，是不久于鸟世
这是个凉爽的夏末的早上
我要去地狱图书馆

花雀，如押运犯人的兵士
押着我
一直在我脑海呈现
直到在书柜隐秘的一角
拿起一件黄绿的羽毛风衣
停顿一会，穿上

花　生

花生花

花　生　花
花　生　花生
花　生　花生花

花生　生　花
花生　生　花生
花生　生　花生花

花生花　生　花
花生花　生　花生
花生花　生　花生花

花花世界
生生不息

你有妙笔
我定生花

怀　念

曾经悉心喂养的龙卷风
奄奄一息
旅游指南指向地心
卷心菜再一次包裹自己
一直没有断气
一直在心中的大平原逡巡
伺机卷起冲天沙浪

岁月幼小如马驹
我给它喂食草料和清水
剧烈活动的树叶不适合啃噬
人们在无休止的爱情剧中荒废一生
不知道平静的滋味
罪过显而易见
毒害大地和空气

来一杯醋栗提取液
泥土发酵后做成的饼干，适合晚餐
在封闭式的光生物反应器中
你坐上木椅，晒一小时太阳
想自己是暖棚里的洋葱
鱼群奔过山野之火
撞歪了铁塔和轿车

高高的凤凰木抛下明媚的黄叶
抛下秋天高昂的头颅
回归故里的读书人静静假寐：
入世故国梦
出家慈悲心
怀念湖上月
一夜荻花生

黄昏之美

连接白天与黑夜的一座小桥
纤弱，不禁风
由乔木和灌木支撑
人们安静地散步
背后闪一缕夕阳
胸前怀半点月光
话语轻柔，面如莲花

渐渐地，连接你与我的小桥
消失在无边的星空
如果向前，一直向前
越过黑魆魆的山脉
你会看到一张婴儿的笑脸
和新生的炊烟

连接现实与梦境的小桥
散发时光的甜蜜哀伤
走过所有的人
和他们小巧的宠物

回到慢时光

假期回一趟老家，跟八十岁的妈妈小住几日，就回到人之初，回到幸福的慢时光。

节奏慢下来
走路，吃饭，看街景
我即将到来的未来
就是这样

跟妈妈小住几日
就回到孩提时代
读书，放牛，喂猪
过年换新衣，放鞭炮
每一件事都快乐

都知道，时间是不够用的
却还在拼命挥霍
都知道，爱情是不靠谱的
却还在忘我追求
都知道，活着是不容易的
却还想从头活一次

跟妈妈小住几日
就懂得顺其自然

尝试在云水间漫步

懂得，在人间，不必比较

也不必计较

回　忆

风吹云朵到深圳
风吹我回故乡
我提着精美的摇篮
从柔软的花园走过

你在花篮里长睡，憨笑
如娇嫩的褐色皱褶
一只混沌的小猴
慢慢变成我的样子
就连朴素的欲望也类似

这一段遥远过去的旧时光
一直默默伴随我
树叶给我以绿
我用光回报天空
把寒冷的季节甩在身后

不知道，是命运
还是我自己
把我嵌入在现实的荒谬结构里
如锈层厚实的铁楔

迟早要踏上痴呆和崩溃之路

所以必须在很早的时候
种花，沐浴
才可能缓解这一趋势
山羊吹着口哨，住进
充满阳光的森林宿舍

家猪自述

我们这一脉
早已结束流浪山野
自由自在、忍饥挨冻的生活
被人关在空调屋里
算是享福
人喂我们吃饱喝足
酣睡长膘
只是为了要尽快卖掉我们
杀掉我们
吃掉我们
这说明人的爱心是有限的
就像人供佛供神
只是为了自己要得保佑
所以，人的虔诚是值得怀疑的
如果我是歌手
我不会把赞歌献给人
面对美味的猪食
我们哼哼，从不计较
直到有一天
白刀子捅进喉管
我们才拼死惨烈地嚎叫一阵
后来，人发明了无痛杀戮法
我们连哼一声的机会

也没有了
为什么我们受人摆布
只怪进化的天使
让人智力超群，占了上风
也怪我们天性好吃懒做
我们是失败的物种
但比起那些灭绝的种类
我们又是幸运的
是足智多谋的
我们用暂时的牺牲大大提高了
种群生存的几率
凡有人的地方
就有我们猪
当然，在人的世界
我们不过是蠢猪
人还骂我们臭气熏天
骂我们好色
可有谁知道
我们内心所受的伤害
和夜里无声的哭泣

监　考

监考牌挂于胸前
四肢禁锢于四壁
坐下，哪儿也不许去

一尊泥塑，或者僵尸
思绪却在大海里冲浪
春天适合下雨

巡夜人模糊的黑面
在窗外偷窥
满屋子的病童停止嚎哭

我不得不偷偷记下
一句，半句，四分之一条鱼
走走停停的马车

我也是考生，一生都在答题
在灰飞烟灭之前
完成自己。卷子交给谁？

一束暖阳在外面移动
把问号抛出去
给阳光，给鸟，给树叶

脚踝囊肿

1

父亲走的那天
我的脚踝肿起了一个大包
它有坚硬的壳，不痛不痒

我到医院，医生说：
这叫关节囊肿，你有三个选择
不去管，用手挤破
或者开刀切除

我选择顺其自然
它时不时疼痛一会
疼痛提醒我它的存在

它总是让我想起父亲
一定是父亲暂住在此
在他找到如意的去处之前
跟我住在一起，是他生前的愿望

也怀疑是不是凶狠的恶魔贩子
拐走了父亲
到无人知晓的偏僻山村

或是荒芜的星球

整整三年后，囊肿自己消失
我想，父亲已经悄悄离开
前往他的极乐世界

2

昨夜，父亲再次出现在我梦中
面容清晰又模糊
早上醒来
还是右脚，脚踝又支撑出
一个小空间
有点疼，我不得不放慢脚步
我知道，周游世界的父亲来看我了
要在我这小住几日

荔　枝

1

可爱的长着青春粉刺的
洁白的浑圆
甜美的晶体

几乎可以看透
密藏的，简单的心事

内在的坚核
是一味中药
专治恋人们的相思病

2

在不久的将来
饱满的果实
化生出
甘甜的乳汁

别急着吃
这需要耐心等待
等待的时间　可能是
某种动物的一生

3

每一件华贵的外衣里
都有一个明眸皓齿的妃子
在夜深人静的月下
她会娇声地向你说
你虽不是吾皇
但是你
万岁万岁万万岁

这时，你一定要像个皇上
镇静从容
然后，慢慢剥开

4

一枚荔枝
熟透，散发秋香
无人采摘

自己摘了自己
沿时光陡峭的斜坡滚下

慢慢滚动
靠微微秋风的推动
迂回地走着曲线
如伺机捕鱼的猫

从天上到地上

不知道要经历多少风尘
不知道未来是什么样子

好似有一阵急刹车的声响
橡胶轮子严重磨损
红晕渐退的荔枝
戛然
止于一只兽脚
踩下的小坑

漫步人海

漫步人海，绽放真爱。
春晖荡漾，秋光深怀。
大美大恩，平凡中来。
诗歌相伴，心乃宇宙。
正道沧桑，不修形骸。

漫步人海，风浪不殆，
峰谷循环，日月永在。
家国相依，不负情才。
酸甜苦辣，肉身营养，
嚼之咽之，心宽体胖。

盲　儿

他过早洞悉了世间的迷雾
他的思维在另一个世界探寻
惹恼了嫉妒心强的天神
天神夺走他的视力
盲儿啊，似乎毫不在乎
继续洞察剩下的迷幻

生命始于何时，又止于何处
我说了不算，你说了也不算
是你我之间的第三者说了算
第三者名字叫爱
存在中最有意义的存在
是你来爱我，或者是我来爱你

我不是理智的人，更不是睿智的人
你好像也是这样
低头看见真理——逃走
抬头看见迷茫的星光——逼近
盲儿啊，快快从深山下来，与我同行
一起走过烟尘烂漫的尘世

梅关古道

沿着颠簸摇晃的乱石路
我们艰难地走到关口
松了一口气
望一眼莽莽江西
天色冷暗下来

我们又饥又困
全身冰凉
如果山顶有一座寺庙
香火旺盛，该多好
我一定借宿一夜
如果路边摊有一碗热粥
该多好

在寺庙里借宿这种念头
是我从小到老第一次萌生
我正朝自己的反面迂回
以便融入祖先的文化
我不会忘
这个关叫梅关
这条道是古道

那些青春的

那些青春的美丽的身影
魔法一般激起美妙的爱情
欢乐的笑声惹得旁人注目
大胆的梦想五彩缤纷
生活好似从不曾有丝毫阴影

那些青春的美丽的背影
转瞬间就走向远处的幽径
春天还是秋天，落叶飘零
画师收起彩色的画卷
汪洋里的风帆艰难地前行

那些青春的美丽的幻影
恰如破碎的浪花的泡影
真情也会蒸发如水蒸气
这条单行道不允许重来
错过了便永远错过

那些青春的美丽的故事
在心底刻下的块块痕迹
变得模糊，——飘散
斑驳的碎梦，淡淡的回忆
回忆好似新月出没在云影里

鸟　儿

鸟儿从村庄的上空飞过
把乌云擦净
美丽的羽毛飘落
是彩色的五谷花
是泥土上孩子们的欢闹声

鸟儿从工业区上空飞过
试图把雾霾擦净
总也擦不净啊
一身洁白的羽毛被染黑
像被炮弹打中的飞机拖挂浓烟栽倒在地上

黑鸟黑鸟
叫声也是黑色的
叫声也是血色的
黑鸟从我们头顶飞过
星星伸出苍白的小手，紧锁眉头

女儿远游

月圆的那几夜
天空多乌云
乌云之上
麻雀星夜兼程
而我独饮烧酒
老家的屋子半醉了
亲爱的，我想骑一匹快马去拉萨
天空是圆的
四周的山川
和建筑群的灰暗
是一样的
没有太阳
怎敢出门远行
只怕错了方向
离你越来越远
亲爱的，你就在拉萨多待几天

平凡的人们

到处是平凡的人们，跟我一样
眼睛和耳朵，灵敏或者不灵敏
胳膊和腿，强壮或者不强壮
有着跟我一样的烦恼和小小的愿望
干着平凡的工作，跟我一样
保安、教师、售货员、推销员
司机、厨子、医生、公司的研发人员

每天每天，一年一年
甚至一生，做着同样的工作
即使换了工作，还是继续工作
说是为了养家糊口
似乎永远在养家糊口
其实，生活早已比较富裕
说是为了明天的幸福
明天似乎从不到来
其实，幸福早已到来

但是呵，平凡的人们之中
有多少人跳动着不平凡的心
燃烧着不平凡的梦想
他们在暗处使劲，不彰显地奋斗
默默地拼搏

在聚光灯和掌声以外的角落
忍辱负重，多么美丽又强大的心灵
到老到死都没有放弃

这是一股顽强进取的动力
是朝气蓬勃的城市往前飞的动力
是立秋之后的人生经久不息的秘密
平凡的人们，我赞美你们
平凡的我，我赞美我自己
因为平凡的人生
自有其无穷的魅力
因为平凡的人生
也有迎接生死挑战的勇气

气象观测员

不祥之云，变幻莫测
墓穴与玫瑰
关闭或盛开，上下浮动
航空母舰，章鱼之须
或大或小，忽东忽西
乞丐纵横江湖
或远或近
好似打斗中的木偶将军

暗处的气象观测员
一次次测量那朵不祥之云
总也测不准
因此恼怒且沮丧
坐在歪斜的门槛上
剪断修长的枪管
直到黑色云团布匹一样落下
罩住肌肉抽搐的脸

气象观测员停下脚步，观望
温柔体贴的风和雨
从海对岸款款走来
天空顿开，有花飘洒
这不是他的功劳

可记作他的苦劳
幸运之云
从礁盘起飞。请继续观望
仔细记录又一个台风
难以捉摸的荒唐路径

敲鼓人

天空是鼓皮
地面是鼓皮
石头是鼓，水是鼓
鸡蛋也是鼓
万物皆是鼓，供他敲打
万物皆发声，供人欣赏
强有力的节奏
带给沉闷的铜桩多少惊讶
多少震撼

他敲打自己的灵魂
灵魂逃离家乡，流浪荒野
灵魂羞涩地回应
即便是惨叫，也是愉悦的
他敲打自己的肋骨
他的心肝受到奖励或者刺激
停止工作
他敲碎说出的话语
鼓起的大包，边打边消

咚—咚咚，咚咚咚，咚—咚
万马聚集，千军溃散
咚咚咚，咚—咚——

静默，休止，修身，修业
这世界不经一击
这人世不经一问
抑或他离开了裹紧的一身鼓皮
当下一次春风吹拂
四散的灰烬里还会传来
绵密的咚咚鼓声

秋天多想

秋天多想
流下泪水和铁水
打湿走失的沙漠
挽回战争的损失
秋天多想绽放新蕾
开在人类的坟头

一场游戏，好玩而残酷
谁失利，谁胜出
最后都被时间将了一军
受伤的恶狼退回老家
苦笑是最好的解释
傻笑最智慧

活泼可爱的梅花
和她心爱的鹿
在山林奔跑和恋爱
这是人们称颂的故事
哪知　肉全被吃掉
树枝状的鹿角暂且留在酒里

秋天多想泡在酒里
被愁苦的人慢慢喝掉

满山的竹子是竹笛
风拿在手上
随时吹出一曲静音
或者嘹亮的哀叹

球　茎

一堆美人蕉的饱满球茎
沉睡在马路边的绿化带里
等待花工来唤醒
春天步步逼近

午后，导师有些困倦
昏沉沉的枯叶闪烁轻灵之光
呼啸的车流声
打断她们寒冷的低语

出于好奇，我拿起一枚
感觉重比铅球，体温火热
仔细打量这黑色的一坨
好像打量镜子里的黑衣人

污黑时尚的表层之内
是美人蕉白嫩的肉体
充满水分、空气和幻想
发芽的节奏滴答滴答
里面关着一个确定的春天

去惠东

傍晚，高铁顺利生下我
载着海风快速远去

我把世界抱在怀中
怀里传来婴儿的啼哭

我放下世界，独自远走
远处传来狼的嚎叫

在朴素的乡村
灰黑的蘑菇生长于牛粪

徒步越过盐碱地
山坡上，死神与我并排而坐

海浪排练秘密的乐章
明月在山顶观看

虚　惊

生儿育女，培养后代
看起来受苦受累
却传递了基因，传递了爱
是人间最正经的事
是对人类真正的关怀

其他的活动，比如战争、科技
农业、休闲、探险
要么围绕此事
要么毫无意义
充其量是锦上添花
你总想找机会，展现一下特别的才华
宇宙才不稀罕什么才华呢

相恋相爱，却不愿传宗接代
省略人生的主要内容
那是一片浮华的海浪花
那是一种相思的病害
悄悄腐蚀人类的社会

你过分严肃地谈论人生
其实，无需那么严肃
人，动物界漫长进化的一支小分队

人的一生
不过是虚惊一场
惊讶
惊惧
惊慌
惊喜
风浪平静，万事皆空

人　生

趁着夜色耕种的人
一定种下了星星

不久，他消失在黑夜
连同锄头、犁铧和谷种

看不见的屋子在远处
屋子里有微弱的灯火

当黎明到来
村庄静谧，光线从雪地开始

多么宁静

年轻时我们遇见多少春花秋月
每一次春花秋月都会在心底激起波澜
那激起的波澜让人紧张又渴望
第二天总是在无望中复归平静
生活中，我们邂逅多少浮光掠影
浮光掠影也曾在心底留下深刻的投影
那些投影很快就隐去了踪影

什么能够长久地居住在内心
随我漂泊到天堂和地狱、东和西？
只有那神秘难测的爱情
可是啊，神秘难测的爱情
总是化作流星或者泡影
离开我们苦苦追寻的梦境
宇宙充满幻影，人生多么宁静

三缘桥

过往、今生和来世
哪个缘最重要？
小张说，今生缘最重要
于是她往今生缘去了
因为她大龄单身
急切地想拥有
一段美好的姻缘

而我们这些过来人
对于缘，最好视若不见
或者，或者
还有什么别的方法处理
阿弥陀佛
最好视若不见

山间蝴蝶馆

走进山间蝴蝶馆
被神奇的蝴蝶惊呆
美丽的标本，生动而不动
展翅欲飞，总不飞
死了很久，像是刚死不久

花纹被米针钉着，风
被米针钉着
被钉在十字架上
像遥远异国的救世主
没有流血和挣扎

一个漂亮的小女孩
央求她的妈妈：
把我也钉在这里
我要和蝴蝶睡在一起

生　活

在我们的眼中，生活
最先是一位大美女
她张开双臂，热情地欢迎我们
桌子上摆满糖果和鲜花
我们天真地扑上去
感觉真好，心比天高
一厢情愿地紧紧拥抱
如梦幻般地真情实意

后来，在不经意中发现，
我们所拥抱的
是一具冷冰冰的骷髅
变换着白骨精的花容月貌
她绞尽脑汁想要吃掉我们
我们震惊，恐惧
沮丧，被欺骗的感觉
常常出现，一心想逃

再后来，美人消失
白骨精消失
呈现在眼前的是一幅清晰的画面
泥土、天空、房子
菜市场、医院、墓地

上下班的路线，地铁的闷响
平凡的工作，平凡的日出日落
愿望，难以全部实现
像前辈那样，学会享受忙碌和平淡

一次生，一次死
不算什么，凡人皆如此
多次生，多次死
也不算什么？真不算
风依旧，太阳依旧
一个小愿望在搏斗后实现了
又生出新的愿望，等待费时费力的实现
这就是我们真实的生活
想要的不想要的，都是逃不掉的奖励

盛开吧，人

花期过了很久之后
我来到玉兰树下
在浓密的树叶间寻找
洁白芬芳的花朵

黑暗中暗香拂来
从叶片和枝干散发而来
这整棵树
其实就是一朵花

我潜行于世
自比为一朵灰颜色的花
人们从我身边经过
因嗅到奇异的花香而愉悦

其实我并没有特殊的腺体
分泌诱人的气味
只是我的血液里
涌动着美丽的愿望

花期？花朵？
不必在意，你仅需盛开
人的肉体多渺小或多巨大

这不重要
人的思想多狭隘或多宏伟
这不重要

很多种力量都能够摧毁我们
甚至亲爱的时间
也会轻轻抹掉我们
甚至自己的基因
也会反叛

我们要盛开
我们要传递骨子里的正能量
我们要相爱
用爱的力量抵挡魔鬼的诱惑
盛开吧，自己
盛开吧，人

世界杯

傻得可爱的人
把世界装进杯子
满满的一杯
人们畅饮

忽然从唇边滑落
碎了一地
世界悲

世界杯
总是别人的世界杯
他们疯了
他们疯了
我咽着苦涩的生啤

试 卷

你在我面前铺开一张硕大而无形的试卷
铃声刚好响起来
整个春天进入紧急状态
花开花落几乎同时进行
我费力瞅了瞅，一个答案也不会写
全是难题，你收敛笑容
眼前流过沙丘、海浪、乌云
我写下姓名、番号、邮编，交给你
你说，还有大把时间
于是把情书退给我
我穿过空山、新雨、初雪，继续追赶
天色灰暗下来，草木疯长
金戈生锈，铁马饥寒
那些在江湖上混的，接近他们的目标
速溶的月亮，速溶的叫声
一个小幽灵，无声地滑过水泥地板
终于结束，还好，一切归零
在僻静的路上
遇见红豆发芽，挑担子的皮影，大肚婆
我享受僻静带来的柔软的翅膀
摊开一本书，那是最美妙的时刻
那已经展开的，是我们正在经历的

体检报告

　　一年一度的体检报告出来了。肝有结石，胆有结石，肾有结石，前列腺有结石。照这样下去，不久，整个人就成为化石了。不过，我一出生，就是父母眼中的钻石。所以，我叫金刚。

小小的硬钻石
在软肉里生长
缜密的模式，难于破解
难于爆破
这是老天的精心安排

就依照既定的安排
在出医院大门前，我决定
退回那些排石汤
以及医生专业的叮嘱
我要成为一粒巨大完整的钻石

妻子却唠叨着
要锻炼　要坚持锻炼
不要吃肉，不要吃糖，不要吃太多
我口是，心非：
你比老天狠，行吗

土 豆

一颗微小的拳头

握紧，紧得天衣无缝

一小坨会说话的泥土

说着田间土话

土话只有土听得懂

自己擂入纯粹的泥土

在黑暗中

闭着眼睛奔跑

不知道幸福与痛苦

不知道头顶上有风雨雷电

一直在酣睡

睡过无数的床

一直在做梦

梦见自己是一个恐龙蛋

不久孵化出来

成为世界的主角

动物世界的历史

一直在改写

直到有一天

一双粗糙的手

刨出我

亲切地叫我土豆

第一次见到阳光

阳光那么刺眼，我的眼睛
开始微笑
我开始在人间迁徙辗转
我是土豆，土做的豆子

晚　餐

餐桌上，一只羔羊惨叫
眼睛一直没有闭上

客人饥饿的眼神，愉快的嘴巴
桌上，牧草青青，牧歌悠扬

桌上，土著人跳起歌舞
一条泉水流向远处的沙漠

杏树举起干瘦的胳膊
一地金黄的杏子睁着金黄的眼睛

我等动物

鱼儿浮出冰冷的路面
吞下一口早春的空气
感觉十分幸福安逸
潜下去，不露痕迹
静静地等春暖花开
如果一直冰封大地
没有出头之日
也无怨言

不像我等动物
高等的，低等的
有脚的，无羽毛的
天天混迹人世，开口乱说
说人世艰辛，苦难重重
说时光残酷，命运难料
一点都不谦虚谨慎
一点都不懂造人者的苦心

我请求

请记住，请深深记住
那些愉快的、甜蜜的、令人向往的
明媚如阳光的
温柔似月光的往事
和片段
我请求，请删除
请速速删除
那些灰暗的、痛苦的、阴影的
受伤的、进退维谷的
备受煎熬的经历和事故
我请求，今天往后
我们要悉心收集宝石般的碎片
并永久储藏在记忆的匣子里
那些宝石般的碎片
会在星期天发酵
最后真的成为宝石
我请求，今天往后
我们要快乐，让遇见我们的人
让想起我们的人
他的眼睛、面容、鼻子
和语言，统统发射宝石的光辉
这样，你就会像我一样
脸上充满温和的笑容

心间沐浴光明
你说出的话就会有爱、宽容
自己生活在
自我激励也激励他人
自我幸福也幸福他人的过程中
这样，世界看起来
就是美好的
人生过起来就是值得的
我请求自己
做一个大众演说家
用幽默风趣的话语
向每一个接触过的人
传递爱、宽容、创造、务实
对未来充满期待

西　藏

放眼一望
无尽的荒石河滩
及四周灰色的山峦上
并无人影
并无羊影
瘦弱的河水流向南边
河边上几个玛尼堆
见证
某人的某个神曾经来过

想象与现实

想象力乃无价之宝
想象力永无止境
想象力是生命前行的第一动力
想象力通向地狱之门
用你的想象力创造理想王国，并想象你是王

试图把世界揽入怀中，细细端详
见到的却是可憎的疮痍
或者是虚假的浮华
这是想象力在作怪
你需要换一个角度，继续发挥你的想象力

向日葵

脚趾扣紧泥土
深入，站稳
露水滋润纤细的根
心跟着太阳转呀
向上，迎向光明
向上，学习雄鹰
向上，天天向上
直到生命干枯
暴风里挺直胸膛
漫长黑夜伴随星光
有什么苦日子熬不过去
终有一天，果实满仓

年轻的孩子，未来的我
人生的快船已经起航
起航，就没有理由停下
停下，就会被风浪埋葬
请及时修补风帆
坚实你的双桨
调整你的航向
调动你每个细胞的能量
直取心中的目标
今天你拼搏

明天就不会漂泊

今天你是奋斗者　是思想者

明天你就是自己的王

一个能够发光的太阳

早春（组诗）

这些诗篇构思于下班后在校园湖边等车时，暂且叫"新自然诗（灵魂山水诗）"。

鱼

一个人静立水边
就能听见
鱼的叹息
从深处传至水面
于是，轻波荡漾
于是，轻风吹动
于是，人潮涌动
她的绿袖摆动
也曾把自己比喻
为沙漠里跋涉的鱼
那是在人生的低谷

忽然看见
警示牌：水深危险
请勿靠近，请勿垂钓
请勿谈论天气
请勿食用生鱼
濒临危险的物种

已经得到保护
但我是一尾鱼
不怕洪水泛滥
无需登临方舟
我在海底向你发来
丁香般问候的电波

骗　子

你在岸上，向水里
丢下一片揉碎的树叶
鱼群奔来
以为是好吃的虫子落了水

却发现不可食用
却发现是你戏弄它们
鱼群生气了
你听得见
鱼群在水里骂你是骗子
骗子骗子，我爱你

花

有一些花不怕冷
总是在我之前到达
寒冷的荒野
有一些人不怕寂寞
一直走在探索的路上

有一双尖眼睛

藏在厚厚的花瓣里
老远就看见了我
比去年还执着
担心我太荒唐，坏了规矩

鸟

鸟枪曾经盛行
我也亲自撮过鸟窝
那时，鸟一见人
就恐惧地尖叫，仓皇逃窜
恨别鸟惊心
现在想来，我们是有罪的

我羡慕鸟
可以自由地飞行
其实，想鸟的时候
我也是自由的
也有不错的羽毛和翅膀
现在，鸟就在身边
像老朋友一样抽着烟卷

虫　子

生活在这座城市
你必须是机智的虫子
否则会遭遇车轮
或是猛禽
想想自己也是一只虫子
获得过

一记温柔的耳光

一口甜蜜的苦药

一道幸福的伤口

一个爬不出的坑

如果有一抹阳光

我想，你和我

这对坚硬矛盾的双方

都会融化为流水

继而合为一体

韭　菜

阳台上的韭菜

被妻子养得绿壮壮的

被妻子收割好几遍

浓烈的香味一点也没变

亮堂的房间一点也没变

我们住在高楼上

算得上十分之一个神仙

据说，韭菜乃神仙之美食

又据说，神仙从不觉得饥饿

马

枣红马，枣红马

被染发师染红了头发

学着你　潇洒地

踢起一片落叶

径直朝西边的月亮山

沿着圆周线飞奔

美滋滋地嘶鸣一声

越过地界
马是风，你是月

乌　鸦

黑夜森林，乌鸦雕琢
一个黑瓷碗
节奏强有力，且持续
厨房是一片茂密的树林

乌鸦放倒一棵白杨
露出一丝不苟的笑
微波炉的温度上升很快
快要融化积雪
她削一个北方小山
嘴唇流出鲜红的血

漂亮的鞋带
遒劲有力的面条
青鱼从松间游进月光
阳光射出紫外线
她放射出红外线
乌黑的神鸟开始工作
变形锯齿的天空
座椅震动，马跳跃
穿透黑夜的高铁要去哪
带着一整车柚氏家族

幸好夜色拥抱我们

风抚摸大地时
风在用手阅读
每一朵花
和花中的每一个人
每一片水
和水中的每一条鱼

当风阅读到我
突然一惊
风摸到了坚硬的岩画
和呜咽的海浪声

夜色拥抱过来
好香啊，女儿在里屋说
我一疏忽
把藕夹炸成墨色的甜饼圈

我们都是
宇宙大爆炸的产物
以光速飞离当初的起点
越来越分离
幸好夜色拥抱我们
我们才有机会相聚

聚在餐桌边
夜色的胳膊
必须越来越长啊
风的背影啊
消失在明月的梦乡

幸运儿

我自称幸运儿
因为在五十岁时，我头一次发现
一位不曾谋面的神
一直在督导我
鞭策和激励我
让我警醒，及早从迷途中返回正道
让我有勇气独自步入黑暗的深处
并从中吸取能量
他隔着金皮说，绽放就是毁灭
我得以不断地毁灭
在光中以人的面目不断地呈现
我暗自坚信
这个神居住在肉体之中
在基因的巨大空间里
迟早有一天
我们会见面

沿着城中河散步

温柔的晚风把太阳送往西边
我们，最后一批幸运儿，没有被吹散
团聚在一起
沿着美丽的城中河散步
走向夜色宽广的怀抱
我，你，彩色的飞鸟
猛虎，还有无孔不入的病毒
每一个个体都是看不见的粒子
都是滔滔不息的生命大河里
一个短暂的波浪
我们短暂的存在，转眼间
被下一个波浪取代
我们谈论已久的实验设计
成功和失败
皆是无稽之谈
让一个物种繁衍百万年、千万年
是蒙面的造生者正在检验
它拼接的基因组运转是否成功
我们，仅仅是试验品
我们是幸运的试验品
这足以让我们在月光下感恩
阴雨天伤怀

养　生

生活始于柴米油盐
做人始于养生
因为养生的最高境界
是使人成为人

如果你不是人，而是神
请不要养生
如果你不是神，而是人
请你一定要养生

不是你引诱我
是我自己如飞蛾扑火
滴答的时钟在四周静默
不断变换着迷人的盖头

如果你还没有进化为人
请你抓紧时间进化
因为一生很短
因为成为人需要一生的努力

宜昌夜雨

太阳戴上眼镜
满亚洲找你

你戴上墨镜
以防被紫鸟看见

毫无道理的因果报应
显微镜下，你的细胞盛开

一簇簇梨花、梅花、桃花
一个更小的你潜行在宜昌的夜雨中

游香蜜公园

天气晴好，光线刚好
人们纷纷留影拍照
试图把全部景色都打包
带回家，永久收藏

我只做留恋的风
看看，全忘记
把花香还给花朵
把花朵还给树
把树还给鸟
把鸟还给鸟巢
让鸟巢成为精致的音箱
播放好听的音乐
也让美丽的背影远走
消失在晚霞的天空
把爱情还给飞蛾
把自己还给黑夜

我只做随意的风
只做风中随意的蝴蝶
在天黑之前
浅唱，东倒西歪地飞

园丁小集

1. 芒果路

最爱踏上校园里那条芒果路
因为浓密的树叶可以遮阴
因为独特的花香可以安神
因为动听的鸟音可以宽心

因为可以看见成长中的幼小芒果
幼小的芒果多像绿色的眼睛
总是好奇地眺望或是羞涩地低眉

因为我可以在芒果路中途转折
走进坐满孩子们的教室

2. 蝶变

如果一门课程是一簇花
那么，孩子们就是蝴蝶
我会告诉他们怎样采蜜
告诉他们花期很快就过去
漂亮的翅膀也会消失

他们听进了我的话
改了贪玩的习性

抓紧时间收集甜美的花蜜

我信，在翅膀消失之前
每个蝴蝶小小的心里
都会升起一枚核聚变的太阳
照亮他们各自的未来

3. 园丁的祈祷

愿阳光赐福给原野里的花朵
花朵回应以五彩斑斓的微笑
孩子们尽情地自由绽放

愿海洋赐福给万千鱼类
鱼类以神奇的方式追逐浪花
搏击风浪的渔夫总是凯旋

愿天空赐福给蓝色舞台上的鸟群
鸟群不再盲目，自在翱翔
飞翔的人比肩白云，好似在梦中

愿爱情赐福给寻寻觅觅的人们
人们在激情中建造别样的家园
地球温柔，感知疼痛和幸福

4. 创造力提升训练之课程总结

把创新思维的种子
撒在空气和草稿纸上
教室里有阳光、雨露

和煦的春风阵阵吹出窗外

令人愉悦的是
在渴望创造的幼小心田
种子很快就生根发芽
令人惊喜地生长

另一些学生
没有及时回应我的召唤
他们默默离开
消失在我的视线之外
我坚信，他们带走了种子

也许，在他们最黑暗的旅程
在某一瞬间
种子闪亮
化生出强大的力量
助他们渡过必经之难关

赞　美

一个新人，和他的影子
在春天远行，到蛮荒之地淘金
开启另一个春天
我赞美

一对新人，手拉手
走进亲朋好友的祝福
他们要开创自己的新世界
我赞美

一群新人，从火山口喷涌而出
他们火热的运气
燃烧了脚下的岩石与大海
我赞美

那么多新人，在夜市出现
以魔鬼的力量赶走梦魇
以鱼的形态追逐水妖
我赞美

那么多新人，在身边出现
指引我们穿越暴雨与落花
一路飞扬，灰尘与书籍

我赞美

一个呼吸很久的人，一个古老的人
比如我，也是一个新人
因为就在昨天，重生过一次
我怎不赞美

换一双眼睛，可以透视
换一副面孔，亲切，挂着婴儿笑
我赞美，用迎接的双手
必须赞美，用犀利的言辞
为生活原创脚本
我赞美

长　征

每个人必须走完
他自己的长征
在平凡的日子里
在深深的内心
用宝贵的青春
甚或一生一世

被途中的艰险阻挡
与阴险的病魔周旋
被潜藏的敌人打败
被自己的懦弱征服
你还得继续
必要时，以命相搏
甚至在鲜花盛开的三月
再次以命相搏

如果你松懈
如果你撒手放弃
逐浊流，随风波
你就会被命运奚落
也不知道自己的力量
究竟是少是多
甚至你过的生活，仅仅

具有生物学意义

不是一次愉快的
郊游踏青
不是百米冲刺
用力一搏就结束
而是持久的持久战
一场持续百年的战斗
几乎看不到尽头
常常是你一个人默默地
在无边的荒野
与命运殊死搏斗

致恋爱的人们

你们要走进对方的梦里
在梦里牵手，追逐，发出响声
你们要拜访对方的父母
向他们真心问好

无果之花很容易凋零
希望恋爱要有美好的结果
村子里多一棵果树
地球上多一颗爱巢

恋爱是一次必要的修行
萝卜白菜是神，你们要敬畏
锅碗瓢盆是神，你们要敬畏
神圣的肉体是神，你们要敬畏

恋爱多么美好，不管是暗恋还是热恋
恋爱的人们多么幸福，多么满足
亲爱的，我们拉起手
加入恋爱的队伍

终南山

某年某月爬终南山，有感。

到此为止
我的前半生
庸碌、忙碌
爬过几座小山
却费尽了动机和燃料
岂敢指点江山

从此开始
我的后半生
在宁静中创造
在创造中享乐
在享乐中工作
在工作中完成自我

钻 石

有时必须硬如钻石
才能钻开坚硬的岩石和问题
有时必须软
才能与柔软的水相匹配
适应千变万化的容器

金属沉甸甸的叹息
以及土的暗沉，都是不长久的
因为一切自身都在发光
像树枝上亮黄色的秋叶
每一片秋叶里都有一把钻石

你随手抛弃的
一粒几乎看不见的钻石
被啄木鸟吞下
坚硬的心脏里，战斗机缓缓降落
带来了取消战争的消息

最最不愿意

最不愿意看见
留仙大道旁芒果树上的芒果
悄悄冒出来
绿色的消息带给天空多少安慰
最最不愿意看见
芒果越长越大，越来越诱人

因为这些美好的芒果
总是在成熟飘香之前
就被无情的棍棒
打落，伤痕累累
被装进麻袋，偷偷运走
迷失在城市的暗道里

当别处的芒果园
享受丰收的喜悦时
这里的芒果树却哼着忧伤的歌
怀念他们早逝的孩子
我总是站在树下，像个吊唁的亲戚
祈祷下一年小芒果的命运有所好转

坐高铁穿过江汉平原

因为太远
看不清那是一个人
还是一个稻草人
烈日下，他长久地站立
绿田间，风吹动
他动了一下，晃动一下
似乎弯下腰
查看谷子的饱满度
嗅嗅泥土的肥瘦
风过后，他又挺立
似乎举头向我这边遥望

因为高铁太快
他看不清我的面容
更不知此时我的心愿
甚至不知道
我是人，还是一片飘过的阴云
高铁奔驰
宛如白驹过隙
不可能留下太多记忆
雨过大平原
世界还是原样
并没有什么改变
万物只是短暂地交会
短暂地记忆与化生

做一回人，添一重罪

在我们到来之前
世界是不存在的
或者，它的存在只是假象
在我们离开之后
几乎同时，世界也离开

有什么样的眼睛
就会看见什么样的世界
有什么样的世界
就会塑造什么样的人
人之心与世界之心常常交换

为什么第一次睁眼看世界
看到的全是美和善
而最后一次
看到的全是悲和恶
这是真实，也是虚构

因为此生有太多遗憾
所以来世一定要继续为人
不是为了重复曾经的内容
而是为了恕前世的罪
可是啊，做一回人，添一重罪

第二辑
心　　景

病床上的孩子

当死神之白眼
凝视病床上的孩子
孩子放弃梦想
四肢抽搐，明天在哪
我走向窗边
寻找乌云里的月亮
用寒冷的双手
遮挡残忍的视线
我祈祷，世间的病魔和厄运
统统加于我身
因为我已经长成，坚硬如磐石
透亮如钻石
死神，快放手
被你攫住的孩子
是最后的种子
地球，一张病床
人啊，病床上的孩子

春又回

玫瑰一阵猛烈的咳嗽
打破自身尖刺的寂静
一块巨石从云端落入池塘
爆炸声在南瓜里回旋

死机的那一刻
稀缺的阳光正好照射进来
稀缺的你正好路过
春水流过荒芜的土地

你的气息穿越冷却的身体
体温逐渐回升
春雨淋过野草般杂乱的语言
荒原生长出精美的诗

渡

那些美妙的文字
伸出一根根神奇的手指
画出优美的波浪线

大海就隐藏在下面
美妙时光就隐藏在下面
你可以把它们剥离出来

一艘渡船，安静地
渡我过人间的苦海
苦海之上，甜蜜交织青涩

海，人，渡船
全在文字编织的网里
拉网的人
隐藏在看不见的岸上

大　海

那一滴海水是暖的
那一滴海水是硬的
那一滴来自南亚某国
那一滴来自长江源头

我是一个地道的海洋生物
常常在浪尖上起伏
大海是我的心腹
大海是我蓝色的坟墓

在海水中泡久了
竟不知岁月可以流走
山川可以变卦，桑叶可以吃
你倒映在波浪里，是一幅抽象画

那一滴海水是明亮的
那一滴海水是咸的
那一滴海水呀来自我熟悉的眼
而那一滴永远在天上飘

俯身侧耳

这间小小的屋子里
有人试图逃逸
有人呐喊，有人沉思
有人憋住气息
有人善于倾听内心的诳语

世界的秩序从来不会混乱
混乱的只是人类自己
——所有动物中最易于且
最善于疯狂的一个物种
其言说时而美妙，时而难解

我从不发脾气
心中充满宁静和喜悦
因为我发现
母语可以精确地表达
在秘密之处，盛开灵魂之花

当山体被掏空，住持的精灵逃离
摩天大楼林立而起
当土地被挖空，萤火虫永久关灯
地铁奔驰而来
男孩被大雪覆盖，呼叫暖手壶

俯身侧耳，听听天地的呼吸
秋风摇落入眠的鸟巢
卷扫一地空白的卵石
秋风推着我走
宇宙之内，我是唯一一片落叶

甘　愿

甘愿终日劳作
用劳动果实供奉心中的神灵

甘愿终日行走
用虔诚的双脚丈量苦涩又幸福的旅程

甘愿终日思考
在平淡的时光里点燃思想稀有的火苗

因为甘愿
所以不知疲倦，所以快乐忘忧

有一次，一位夜间保洁大姐
劝我早早休息，不要太劳累

她当然知道我貌似辛苦
她当然不知道我是世界上最快乐的人

给孤独的飞鸟

给孤独的飞鸟一个飞吻
天空会记得你

给凋零的落花一个拥抱
大地会感激你

给那个女子深情的双手
她会跟随你

放飞一朵彩云
给幼小的孩子一次惊奇的体验

在沙漠植一片绿荫
给孤苦的旅人片刻欢愉

给我们的未来许一个可实现的诺言
这很难啊。很难也要许

浩瀚而绝望

一个人
面对浩瀚的大海

打开一本书
慢慢读
认识生僻字
认识是非曲直
熟读，背诵
多少年的功夫
多少次觉悟

人间万千气象
树叶慢慢发黄
他恍然大悟：
太多疑难杂症
无法医治
来不及悔过
颤抖的手即将放下

一个人　终究要面对
浩瀚而绝望的自己

黑匣子

在温情暖和的旷野
抑或在阴冷黑暗的洞穴
内心的火种不曾熄灭
向前迈进的脚步不曾停下

如今，黑匣子装着我们飞
在荒野抛下典籍和拖鞋
锯齿一般地急转弯消失在火灰里
流浪的猫，无需谁来保佑

不时遭遇强气流
黑匣子如醉鬼摇晃，坠落
那种即刻要被摧毁的感觉
那种枉死，像轻晃的咖啡

黑　夜

黑夜散发精致的寒气
我们自觉地加一层棉衣
光神破门而进
落魄之前我必须出发
以免被暗鬼纠缠

内心神秘的力量驱动我们
向神秘的世界探险挺进
那里有陌生的山脉
饮水机存储圣水
秋茄加快了脚步

慧　眼

你独具慧眼
是否看出宇宙的一丝玄奥
或者一个人的秘密心结

尘埃般的星球十分羞涩
有时上旋，有时下旋
总起来却没有任何悬念

你的眼发射超强的射线
是否看穿厚密的森林里
被水墨囚禁的花旦和花生

在人间的森林
有人努力变形，最终他赢了
从爬行的虫变成会飞的虫

离开原本怀旧的拱门
病重的月季已经痊愈
棋子落在十字线中心

你走，还是不走
事关生死，美那么严重
每一步都留下莲花的烙印

觉醒无止境

如果你厌倦了人间游戏
已然看穿世事，洞悉生死
却仍热爱生活，日益进取
并一再唤醒自己
这表明，你已真正觉醒

这个状态不会轻易获取
需要反复磨炼，锻打
直至赔上肉身与灵魂
甚至在我们撒手离开时
还是得不到

我们大多数人一直是这样：
似乎醒了，说几句人话
其实是可有可无的昏话
貌似踏上新的台阶
其实只是转场，进入另一个
更为糊涂的泥潭

我说我有强大的四肢
是因为这四肢的力量
足够支撑我行走，奔跑，创造
这可能还是一个假象
在一个没有自我的表象里
真正地觉醒是可疑的

镜　像

空间是一面彩色的镜子
你与我
是一对镜像
离别之后
还会重逢

时间是一面折叠的镜子
灵与肉
是一对镜像
伤痛之后
迟早会盛开

你的我与我的你
相互渗透
相互变易
灵的肉与肉的灵
难解难分
同生同灭

苦味的鸟

那些苦味的鸟和长翅膀的草药
在黑土里安寝，在云上扎根
五朵花，八扇门

马肚里的电视播放春天
远行在岁月的深草处
偶尔探出头来察看家乡的风水

人声已静，迷雾轻散
地球的下半身，被海水淹没
前世来路不明，金冠血迹斑斑

夕阳入土，饿鸟托月
人世皆囚徒，老奴携小奴
手脚自闭锁，浊目无寸光，呜呼

淫羊藿独自盛开在茶杯
羊群翻山越岭，逃往天涯
赤脚踩露，空置山海房，呜呼

一二三

1

海里长长短短的丝线，挂着诱饵

风带你来，寻觅中意的早餐
你一一吞下湖北米酒、西芹、百合、咸阳大枣、冬天

那里并没有钩，你还是自由的
如果你想一辈子跟我
则必须变成人，回到岸上，并深深爱我

2

嫩香樟炒鸡蛋，在星空下面盘旋

如此相处才有戏
才有意外的味道与磨合

我有足够多的时间：可以浪费一年又一年
也有足够多的耐心：不怕你唠叨，甚至取闹
你喜欢明亮的房间，浅色的波浪，我也是

3

真理存在于绝对零度

如婴孩般微笑和吮吸
他自己从摇篮里跳出

宇宙不够大，心是九重平行心
原子，讲故事的机器，没有泥土的土星
都是那个男孩的玩具，沿着树干爬上炊烟

路　上

陪伴你的人
都会在某个时候走失，不再陪你

为你喝彩的人
迟早都会静默下来，离开你周围

目送过你的人
都会收回目光，隐身在远处的夜色里

那爱你的人
也会藏起他的爱，变得无情无意

路上，终究只有你一个人走
长长的路，甚至没有光亮

你害怕吗，你能够独自前行
并且找到快乐吗，你习惯清净吗

若你依旧爱着，你抛弃的人
和抛弃你的人，都将找回自己的祖国

盲　鸟

盲鸟丢下一封信
继续往西边飞去

我拾起，展开
那是给我的生日礼物

上面写着
亲爱的，你喜欢的八宝粥　已经煮好
衣服干了，记得收

读完，我双目失明
在自由空间胡乱飞行

我是一只盲鸟
短暂地存活于灵魂世界

密林深处

每天与这片密林相遇
从不曾深入其中
密林如一个谜团，牢牢扎在那
密不透风，不透气，不透光
里面黑暗一片，密码乱飞
虽有一些花在树冠上开落
有一些优雅的藤蔓在四周巡绕
这些信息不足以勾勒其立体画像

在人的记忆长卷里
总会有几处空白或者深深的黑洞
让人捉摸不定，难于探索
难于汲取。一阵意外的雨水
淋熄了海底纠缠之鱼的烈火
你隐身在密林之中，记忆深处
在那里建立一个独特的暗哨
支撑你内心的整个空间

难　民

马蹄蟹在沙滩打洞
一盘沙拉，青色浆果破裂
哭出声，番茄红的月亮升起
三个小小的蓝孩子，从远海漂来

拾起时光的金锁
以及银色的豆荚
一些人在边境上构筑高墙
视线穿透自己的祖先

你的小宇宙宁静安详
下雪的礁石唱起一支慢板的歌
欢迎远方的老朋友
船长带来咸味的金枪鱼

你喜欢自己灵魂的味道
好似深圳六月的紫薇花
总被阵雨淋湿，及时洗尽娇容上的灰尘
落下来，一阵紫色的眩晕

在中东黑色的沙滩
你挖掘陷阱，用于储存石油样的梦话
却常常困住自己，缺乏养料
被一束阳光照得崩溃

泥土里的

　　我是泥土里的一条刀伤
　　血液从此渗出
　　广袤的土语，埋藏深深的沟壑
　　无药治愈
　　偶尔一声凄厉的喊叫
　　地下的鬼魂瑟瑟发抖
　　影子被流水珍藏
　　流水奔回云层
　　书信被狂风卷走
　　箴言变成忌语
　　梦想被流弹击中
　　如月光飞溅，洞穿墙壁
　　我是浑水里的一截柳根
　　即将发芽，阵痛无比
　　我是泥土里的一棵水稻
　　阵痛无比，即将发芽

你必须

2015 年 11 月 30 日星期一　艳阳，可单衣；碧空，可眺望；清新空气，宜深呼吸；红花绿叶，宜畅游。

你必须拨开头顶上的乌云
才能看见属于你的那片土地

今日南风二级，天空隐现鸟翅，适合写诗
今日斜风细雨，蚂蚁攀折花枝，适合写诗
今日阳光明丽，早餐享有包子，适合写诗
今日气温偏低，路遇佛家大智，适合写诗

你必须建筑空无的庙宇
才能在必经的未来发现自己

你太瘦

灵感是珍贵的
但仅仅是珍贵的种子
它需要精心培育
才能盛开出美丽的惊叹
从小到大，似乎懂得了什么
从大到老，把懂得的全都归还
一团肉身，纯粹的生物
了无牵挂，奔赴前线
你太瘦，抵挡不了寒冷的冲击波

暖　流

婴儿一样的诗歌
有纯净的眼睛
有无瑕的心灵
有真切的微笑
对世界一片赤诚

把诗稿放进摇篮
把摇篮放入书柜顶层
我离开，混迹红尘
做一个俗人和畜生
随波逐流如飘尘

当我失败失落而归
返回曾经自由的空间
拿出摇篮里的诗稿
好像轻轻抱起婴儿
暖流重新灌注身心

偶　遇

一条小花蛇
舒展地躺在路上
正在享受早晨的悠闲时光
却因我风驰电掣般
轰隆隆地唐突到来
受到惊吓
慌不择路，一头撞到南墙
折回，再撞
再折回，第三次撞
直到进入草丛里
正确的道路
啊，是一条盲蛇
恰如我常常是盲人

望着它消失的尖尾
脑海浮现一个陌生的名字
一条花蛇
弗洛伊德

平　面

一个平面平行于另一个平面，但没有接触，因为斥力强大
一个平面春暖花开，另一个平面痛哭流涕，因为太冷
一个平面破裂，因为太硬，另一个平面卷曲，因为天空狭窄
一个平面被鉴定为冰，另一个平面被诊断为病毒感染的稿纸
来自土星的修道士，适合在岩石打洞
而来自地球的，繁殖力特别强，超过铜

有一天，我坐在两个平面之间喃喃自语
说出的话，他们都点头，似懂非懂
唯自己糊涂，在浅薄的平面挖掘很深的洞穴，好似徒劳
储藏食物、火源和雪山
因为左瓣心与右瓣心相遇太晚
自己的语言创造了一个陌生的我
而这，恰好是突破脆弱蛋壳的可能前奏，一个绝好的契机

一个平面无比锋利，削人如泥，另一个平面发疯，跳起拉丁舞
我是一个无形的旁观者，遁入远处山间的空门
一个平面总想往另一个平面的空格子放钻石
比钻石更神奇的杂物，我最多
让我放进去，我制造的杂物
他们在乱世寻找珍宝，在沙子里寻找羽毛

一个平面很空，另一个平面更空，总也填不满

他们紧紧拥抱，一张宽大的桌面，一只白色的杯子
杂色的新西兰野兔渐渐安静，把青草散播在草原
我们的年华在里面泡，苦，还是香
我想起　去年　黑色的车站　黑衣卷毛人
一摊水永远留在回家的路上，前列腺在雪中哀嚎，越来越陌生

其 实

其实我不是我
我只是某物的一个朴素的临时表象
一个不可捉摸的面模
不能精确刻画
但可以亲自吃饭，假装思考
喜欢繁殖和怀孕
这些方面，你我几乎雷同
握手的时候

实际上握住了一团稀泥或者硬石
这是真实的
这种可能性很大
恰如你只是我的一次短暂的模仿
一次无意义的思恋
过后便烟消云散，世界已经翻新
你走在回家的路上

我翻山越岭，走在另一条回家的路上
我想提醒你的是
其实你不是你
蓝宝石里游泳的鱼和鸟都是假象
你仅仅是我的一次细胞的新生
从冰上掠过的存在的暗影
银镜子上的一丝裂纹
独木舟载你经过坚固的反面

秋　景

一队蚂蚁穿越城防公路
翻过高高的墙壁
从窗口进入密室
一边享用先生们掉落的面包渣
一边听投机大师唠叨食品安全和辣椒酱

秋风带来意外的寒意
蚂蚁与我，都要回归老巢
窗外，猎人住进简陋的鸟窝
在高枝上摇晃枪托
鸟在树林周边翻飞，哀叫，不愿离开

在山间爬行的大蟒
深知写作者爬行的辛苦
秋天的蚂蚁能够爬多远
这是你在本世代忧郁的主题
折断的毛线陷入昏迷

如　果

如果你幸运地走进春天
就一定会开花
开最美的那一朵

如果你不幸地中了春天的毒
或是掉入花朵的泥潭
请不要试图逃脱

你能否在接下来的日子里平安度过
在白色房间修鞋
制作坚韧的尺子

并在适当的季节成熟
抛出草根给饥饿的羊羔
和远处更加饥饿的亲戚

如果你不幸地被野火击中
或者被乌鸦的预言锁住
你能否调整心态，重新设计你的明天

在废墟上建筑新家
把不幸的故事讲给外星人听
奇点根植于你的脑海

如果你抬眼望去

在最暗的一角，你发现

秋天，驼背的鸟还在半空耕耘

三只眼

1. 诗歌的功用

读诗，看看是否能够找到某扇门
写诗，是灵魂的体操活动
排泄有毒的代谢物

2. 父亲

凌晨，群鸟准时叫早
叫声从芒果树林传来
群鸟之中，有我的父亲

3. 莲花山

开满莲花的山呼喊那些划船采莲的人
形似莲花的人端出莲蓬美食
白玉盘中红莲开，我向那个挥手的人致敬

4. 花生

花生把自己埋进土里
花掉一生，不是为了安息
而是准备又一次热烈地生花

5. 薇甘菊

在惠东沿海，薇甘菊建立了它们的王国

试图打败薇甘菊的人们
停止了战斗，只顾欣赏海景的卷须

6. 苦荬苣

远离祖籍湖北西北部的一个山坡
住进四面都是风景的海边小屋
做一根号召力极强的苦荬苣

7. 锦囊

锦囊之中，不是妙计
而是一粒种子
这就够了，有什么比种子更加让人期待

8. 痒

如果痒是一种病，那是致命的
在炮火中接近死亡的引信
那儿离春天很近，心痒痒的

9. 清早

推开窗，山间清新的景色飘进来
阳光照进现实，噩梦结束
巫师无事可做，万分后悔，化成乌鸦

10. 我们

爬上顶峰，维持一秒
开始向下滚落
越来越接地气，最后深深陷入泥土

11. 奖杯

我们都倒下了，残缺不全
领奖台上，只有时间昂首阔步
收走了全部奖杯

12. 冬天

不在世的世界
在何处
冬天，我被老师罚晒太阳

13. 雨中散步

曾是多么浪漫的行动
而如今，酸雨肆虐，酸雨烧坏了美发和美肤
人们见雨就躲，如惊弓之鸟

14. 那座山

那座山亲眼看见人们倒下
而最不幸的，是我看见
那座山溃散，沉入大海

15. 稻草人

田间的稻草人很像我
特别是头部，完全是我的头，潦草之头
一个草窝，没有吓跑一只鸟

16. 原罪

当生活即是犯罪
我们多活一天，罪过就严重一分
我们创造了罪过，没有地方收留我们

17. 三米之内

今天我只关注三米之内的事物
比如盘中的萤火虫
比如赛场上的秒表

18. 散步

在粗糙的地面上，阳光抖索，弯曲
他小心散步
在平坦的路上绊了一跤

19. 比赛

如果全城的人都披上黑斗篷
你说人生最后一切归零
不如取消比赛

20. 你

华贵的火焰，滚滚的婚床
大海盛开蓝色向日葵
黑暗的星球，你一人扛

21. 公主

穿戴降压衣

刷脸进教室

你不生气时就是好看的公主

别人家的

一觉醒来，新梦开始
一个全新的旧人
一根春雨里的竹笋
尖头顶着新鲜的泥土
面对一个全新的古世界

我的话语朴素真切
给那些熟悉的陌生耳朵
给那些透亮黑暗的灵石
上帝是别人家的
撒旦也是

一个人的开幕式
开启一个人的新旅程
你是一枚剩蛋
你必须抓紧时机孵化
在大雪纷飞时飞起
而不是等待漫长的救援

诗歌让我安静下来

从云端俯视
公路上奔涌的车流
好似无声的电影
分开村子里的枝蔓
垂钓的人
端坐，静坐，枯坐
坐忘，坐化
一缕烟升起，如来时那样
诗歌让我安静下来

总感觉过去的年月都是空白
却罪不可恕
我对拯救没有信心
落叶带来遍地的寒冷
我用寒冷来降温
一只食鱼的鸟
可偏偏又爱上那条鱼
强烈的食欲，令人失语
猛烈的台风逐渐汇集
只有诗歌让我安静下来

诗 人

诗人
是一种开花的动物
或者植物，枝叶间
那么多佛，那么多菩萨
一直在救苦救难
可是啊，苦海依旧无边

诗人，也喜欢秋天
在他眼中
满世界的山都是香山
满世界的叶都是红叶
不论身处何方
这种感觉真是美好

果实挂在枝头
无需督促
果实自己成熟飘香
无需采摘
果实自己落入你怀中
还可以发酵，升华
成为一杯美酒

每天早上，灵魂都会苏醒

太阳摇着呼啦圈

我们坐在彩云上

彩云慢慢飞，慢慢游览天下

诗人，也喜欢人间

在他眼中

满世界的人都是好人

满世界的孩子都是天真的孩子

人世间的苦学

有一天，全世界所有的诗都解体了
文字之间失去联系，一个个独自
逃回泥土，变回最初的沙子
独自发芽，独自流浪

我的一千只诗眼不会闭上
继续叮咚不止，像我的唠叨
唠叨无声而铿锵
源自美丽的叹息
我看得出
里面是燃烧的烈火和希望

是谁误读了春天的密码
芽苗全都枯萎
是谁品了一下秋天的云彩
全是刻骨铭心的苦味

诗人是人世间的一道伤口
是上帝与魔鬼虚构的合同
诗学是人世间的苦学
谁浸泡其中，都得学会蛰伏

手　掌

抚摸过我的手掌
一定抚摸过你
不然，你我怎么能够坚持
坚韧，相爱，日益精进

抚摸过我们的手掌
也一定抚摸过泥土
不然，泥土上怎么会有
那么多花草树木，生机无限

抚摸过泥土的手掌
也一定抚摸过海洋
不然，波浪里怎么会有
那么多鱼虾蜉蝣，进化无尽

抚摸过海洋的手掌
也一定抚摸过天空
不然，天空怎么会有
那么多云霞和飞鸟，日月和繁星

树　叶

树叶是小翅膀，一旦成双
就渴望飞翔，向上飞翔
无限接近温暖的阳光
和布满芒刺的月光
或垂在下面，追逐死神的妹妹

无尽的平原上，绿色的田野间
高耸的楼林如巨型炮筒
直指苍穹，挺拔无畏
我在内心的田野散步
涛声远去，苦鸟归林

一片树叶是一本正经
我展开，阅读
你猜，我读到了什么
竟然热闹嘀嗒
你必须离开刚刚过去的一天
迎向即将开启的黑色大门

提　篮

宇宙是一只提篮
谁把我们放于其中
提在手里漂流星空
我们似无根的豆芽
磨牙，磨炼语言
长出千姿百态的花与果
长出奇形怪状的历史和文化
无数思想的细涓汇成洪流
毒害或者营养后来者

宇宙也是一个坟墓
我们在里面成熟和死亡
注定逃不出万有引力的掌心
乘坐飞船的人都已返回
那就放下逃亡的冲动吧
收起挖掘虫洞的铁锹
安安静静做一条蚯蚓
松松土，不要把自己埋得太深
泥土做的地球最适合虚度
在家园诗意地虚度

挽　歌

喜鹊在疏朗的高枝玩单杠
欢叫出快节奏的挽歌
我急走在下面的小路上
向着心中的神庙

枯萎的云梯旋转，向下俯冲
跌落西边，如掉落的铝飞机
细碎的火雨坠落深海
空气弥漫病毒的基因

大巴司机不幸中弹
满车的地瓜飞进深壑
近旁光滑的车道上
黑鹰成群，黑影聚散

每一辆怒吼的重金属里
都附着一个外星人
屏气，隐身不言
羽毛华丽如耀眼之公鸡

许多心肠已腐烂不堪
那颗心脏，抽搐，阵痛
急需一针猛药
不然，这一夜就要中断

晚　宴

树林邀请飞鸟
大海邀请鱼儿

落花邀请流水
西山邀请太阳

星星邀请盲童
我邀请失散的友人

所有的客人都到了
握手问候，成为兄弟

美酒摆上餐桌
餐桌摆上山冈

我们全体围坐
都坐在母亲温暖的怀抱

我创故我在

用双手创造出的物体
是否可靠，是否怪异
比如桥梁、车船、城市
这些自然里不存在的东西
对自然有多少伤害
对人有多大的便利

用心灵创造出的世界
是否可亲，是否恒在
比如诗歌、音乐、绘画
这些来源于灵魂的符号
能够遇见多少知己
旷世的寂寞是否等于成功

尘埃里的一个个堆砌
哪有堕落，哪有拯救
哪里能够窥见大道
你　我　他　她　他们　它们
全都在深不可测的灰尘里
拥抱，分裂，融合，消失

但是，人不同于非人
我创故我在，这是做人的原理

而我创造出的东西
犹如这些诗句是我存在的依据
美丽而易逝
这就合了天意，了了心意

缘　分

　　这段时间，我总与一首诗的胚胎纠缠在一起，在骚动不安中试图孵育它。可它的硬壳一直没有动静。

我刚刚学会说话
刚刚从深海走上沙滩
刚刚认识朝霞
在街市结交买菜的朋友

阳光刚刚照射我
眼睛所见全是新景
双足所踏全是新程
人海充满诧异的眼神

星空如此遥远浩瀚
如此美丽，有序
这部天书虽然奥秘无限
却有一条秘密通道通向内心

我和这个世界的缘分
才刚刚开始
一切显得和谐融洽，完全看不出
我曾遍体鳞伤，魂飞魄散

恶已经做尽

我在世上的恶已经做尽
恨也到尽头，从今往后
我一直忏悔，向最高的美德行进
并不遗余力修行
我要构建人间最美的诗歌

每一次远行
都有新奇的思想相伴
那个传说中的救世主，其实是自己
什么都救不了，包括我自己
巨大的石柱立于左侧
黑暗悄悄绕道而来
浪子晚归，洗净身上的尘垢

心甘情愿变成一滴水
永远留在清澈的湖水里
不，不，水会蒸发，会流走
我宁愿做一棵生长中的树
站在故乡的门口，无声无息
哦，见过的人，还会相见
见过的景，皆成心景
经历的故事，都是电影
储存在大脑硬盘里，适时放映

咸鱼梦想

咸鱼梦想翻身
真的，在半夜翻了个身
睁开眼，遁于江湖

月亮打捞猴子
真的，捞起了猴子
山林之中，花果绵延

我躺在夏夜的竹席上
豪雨飞向朝霞
不顾惊雷的呵斥

小 令

1

哲人对蝴蝶说
不要在花间迷醉
如果那样，你将虚度一生

蝴蝶回答
我生的意义就是迷失花间
如果让我研究哲学
那才是无聊一生

2

对于命运的全部奥义
只有死者能够洞悉
我们活者，总是一知半解
被命运捉弄得神志不清
而死者
从不向我们透露丝毫半点

3

起初，我们都在人间
过着极不满意的生活
随后，不断有人逃往天堂般的地狱

或者逃往地狱般的天堂

4

凡人为之物
必有漏洞
例如，人造的大理石
以及人造的神仙世界

5

揭开一层美丽的皮
鬼怪立即变成飞散的热气
有人说，那是灵魂的样子

6

伸手向空中猛抓一把
满满的一把光子和暗子
光子逃逸，暗子隐身
你只有一个徒劳的动作
你的手是一根掉光叶子的树枝

7

镜子被空穴来风吹落
世界短暂地失踪
揽镜的人碎了
当她俯身

她本可以是完整的
当她入梦

8

深夜，我入眠
蚂蚁在桌上摸索一本字典
像蒙眼人胆怯地走在陌生的田埂上
无数的蚂蚁大军
爬过黑夜
进入稻花的身体
那一年，我是街头的稻草人

9

不锈钢碗罩着半个红石榴
旁边就是来自淄博的芝麻饼
夏天，女儿在家
一只擅长网购的绿蜘蛛

10

每个下雨的清晨
总是令人欢喜
令肺和心脏重生一次

深圳，那么多下雨的早晨
所以，我重生过很多次
所以，我爱深圳

11

站在河流的入海口
海风吹拂自己陌生的面孔

风里微妙的鱼腥味
那是海底发来的密报
令人怀想自己光荣的渔民时代

而远处城市的闷炮声
叫人忧虑
那儿，有一场战火
我已是一个不折不扣的城里人

12

恰如我们自己的基因组
有意义的和没有意义的
相互依靠，相互调节
一个也不能少
每一片绿叶都发光
每一段 DNA 都是钻石

13

诵经的人，迷惑着双眼
手上的经卷，一会儿阴
一会儿阳

14

我是你的桃花
我带给你吉祥大运
我是你的流水
载着你奔向幸福的汪洋
所以，别怕，老婆

15

小轿车堵住楼道的出口
进出的居民咬牙切齿
恨不得捏碎这铁疙瘩

大街小巷全是铁疙瘩
曾经咬牙切齿的人
个个都拥有铁疙瘩

16

一袋金黄的黄金鱼
在被我提起来问话的瞬间

袋子被捅破
黄金游入大海

17

在没有光线的空间
儿子如豆芽长势旺盛
数学家拿出尺子测量
修长的鲈鱼往里面添加尿素

18

生老病死皆插曲
贫贱富贵如流觞
酸甜苦辣添生趣
金木水火土风光

19

一瓶祖传下来的宝贵墨水
我喝一半
盆花喝一半

我满腹经纶，语无伦次
花开黑白，哭笑皆非

心善志坚

心中有一座圣山
人就不会凌乱
不会癫狂，不会流浪
满河的圣星
说好了春天相见

春天到了
你却独自驾舟而去
留我成春天的孤儿
忍受山崩地裂
我心善良
我志坚强

说好了秋天相见
秋天到了
你却独自驾云而去
留我成秋天的遗憾
两朵墨暗的云
在混沌中盲目地相撞

夜　晚

江南的额头被无名飞虫冲撞
夜晚紧紧抱着我
野孩子跳入波浪
湖水紧紧抱住鱼儿
鱼儿紧紧裹着过新年的水绵

湖湾里，举着酒旗的小酒家
留不住雨中的客人
怀孕的树抛撒槐花
腹中的大海平静下来
小村子的经络伸向山脉

你的头顶上面，库蚊飞，牛虻飞
你的脚下，你的心口
即是大地之门
大地之门刻满密文
你警觉地默念一遍
那些密文紧紧裹着石屑和苔藓

夜　雨

雨　从高处落下
带着寒意和剑光
落在梦游者的脸上
他惊讶一下
继续走向褐色水库
一路上，妖魔乱窜
试图让时间倒流
或者改变河流的方向

请不要打扰
正在交配的动物
请不要打扰　恋爱的蝴蝶
请不要打扰
那些安静入眠的根系
闭门的酒馆里
蒙面的洗碗大师
把时空洗刷得干干净净
旅行者陷入月光的漩涡

一个人要怎样走

一个人要怎样走
才能一步一朵莲花开
不留太多遗憾和罪过

一个人要怎样走
才能战胜险阻，治愈疾病
让艰难的旅途变得轻松稍许

一个人要怎样走
才能走出自己的和别人的阴影
触摸心中的神明

万水千山、星宿不尽
回首时才发觉，自己并没有远行
还在起点徘徊，劳累沮丧

一个人要怎样走
才能走进光明大道，浑身透明
洞悉三生，留一颗丹心

已经很好

我们所在的宇宙
已经远离了大爆炸
远离了洪荒无极的暴力辐射
发育到安静的时代，遵守光滑的秩序
很少有可能顷刻间毁灭
置人世于荒谬
已经很好

我们所在的地球
也从狂暴的青春期走出，懂得安分守己
准备足够的粮食和淡水、高山和平原
酸甜苦辣，四季分明
适合生命的繁衍和成长
不会有太多的突变
已经很好

我们所拥有的生命
真的如愿地成熟起来
懂得爱，懂得鼓舞，懂得尊重其他生命
尽管遭受病痛和灵魂的煎熬
依旧在生与死的轮回里
接近完美，阻止崩溃
已经很好

我们用骨骼站立起来
用持续进化的思想行走和奔跑
设计之花盛开，我们的翅膀无处不在
只要想飞，随时就能飞
这里那里，现在未来
那隐秘的痛苦暂时消停
很好呵，人

因为最终

因为最终我们的脚步会停止
所以在停止之前，请放下羁绊，一路走好

因为最终兄弟们要分道而行
所以相聚时要相守，相互扶持，亲如一人

因为最终我们都要告别爱人
所以在告别之前，请好好相爱，如水乳相融

因为最终生命要走向寂灭
所以在寂灭之前，一定要及早盛开，秀出真我

因为世界是残缺的、分立的
所以我们要做善良的媒人，修路架桥，使其圆满美好

因为一切一切依次而来，依次而去
所以请宽恕过去，请珍惜现在，请守望未来

这一天

这一天是我的诗歌节
我将在读诗和写诗中度过
坐在旷野，如果有野花
我会爱上，野花是自然之诗
如果有雨，我会爱上雨
以及雨后崭新的世界
这一天，我将吃少量的食物
以减少因贪吃而导致的昏睡
我与朋友们在花园中散步
争论一些问题，仅限于语言和美酒
我将挑灯夜战，直至黎明

这一周是我的诗歌周
新年的第八周无比吉祥
乍暖还寒的七天，最适合运笔
少数的鸟沉默地飞过门前
少数的绿叶带给人希望
我会珍惜太阳，爱惜月亮
时间充裕，我反复读一首近作
让它生长心脏和血管
看起来多像一个发育完全的婴儿
而不是早产的瘦弱的胡桃
看见瘦弱的水，我深感有罪

这一月是我的诗歌月
我乘坐大叶榕做的大叶船
来到暴雨和台风常常光临的宝地
特别兴奋，我会详细记录
暴雨如何在短时间改写世界的形貌
台风如何把远海的鱼群赶上沙滩
它们都有神奇的力量
正好我可以借用，可以学习
可以驾驭，你知道吗，我在诗歌中
常常自诩为王，疆场无限
遍地流火，诗海澎湃

这一季是我的诗歌季
当步入人生的荒途，我看见
光明的未来，黑暗远远地抛在身后
不再急切地表达，甚至羞于说话
因为说已经失去动力和新意
没有爆发力的诗歌不算好诗歌
但是，明显的爆炸没有人接受
我要的是，美丽的外形，核弹的内核
让人深感意外，却合于自然
我将跟随秋风远游，吟唱
慢慢地转山，转水，转自己的灵魂

致　敬

活着，要向宇宙致敬
那些亘古的星星，无私的光芒
曾经指引我们走过迷航
宇宙广大无边，不会轻易坍塌
正是有了恒久的存在
我们筑起了家园，演绎爱的传奇
并认识到自己的美丽和渺小

活着，要向泥土致敬
我们行走的路，曾经是绝路
但是，正是脚下的泥土
承载肉体的重量，和生活的困苦
最终我们活下来，感受幸福的风雨
无论我们飞得多远多高
终会回到泥土，并成为泥土的一部分

活着，要向人类自己致敬
我们多像小小的麻雀，小小的心脏
在巴掌大的空间，不放弃翱翔的念头
请向深处的灵魂，不轻易裸露的世界
最强大的器官，深深地鞠躬
让一千个梦想的花朵全部盛开
让果实成熟，传递生命的秘诀

重 聚

当我看着走近
在路边专心吃草的母牛
心中忽然生出一个念头：
她真像我少年时放养过的那一头

母牛慢慢抬起头
我们四目相对
我看见，她的那双眼
多么熟悉，闪射悲悯的光芒
不曾走神
母牛似乎想起很久之前的田野
那个赤脚的少年

母牛望着我
扇动耳朵，表示我们相识
又低下头继续吃草
她所想起的，又在瞬间忘记
而我所看见的，也将很快消失

煮水记

拧开水龙头
接一壶氯气味重的自来水
置于电炉上，慢慢烧

壶开始嗡嗡响
这让我充满欣喜
响声越来越大，乃至轰鸣
盖过了北环大道上车流的噪音
壶里面，似有千军万马在厮杀
兵士们嗷嗷叫，红眼，昏天，黑地
整个水壶就要爆炸

我静静观看　那一出好戏
茶几上摆满空杯
好似空洞的眼睛望着天花板

壶盖被冲起
腾身而起的水雾里
隐约可见熟悉的、苍白的面孔
妖精的身段，曲线和弧线
魔鬼的猛力，携带各式武器
奔出房间，从阳台铁栏杆的缝隙逸出
消失于晴空

那面孔好似早逝的同学、乡亲
或是电影里的男女主角
他们的名字早已忘记

水壶慢慢安静下来
妻开始沏茶
茶叶来自湖北宜昌的五峰
老家的临县，常年云雾缭绕
今年暑假要去拜访

啄木鸟

啄木鸟从雾中飞来
落在窗台，细细打量这栋大楼
一条虫，又一条虫
在钢筋混凝土里蠕动
并产下无穷无尽的卵
隐身的未来早已接近终点

于是，啄木鸟认真工作
发出连续的钢钻的巨响
刺耳刺眼刺鼻的噪音
摇晃整座大山
一些人形影子逃离出来
胚胎中的魔鬼化为青烟

一些虫子被吞下，消化
铁柱滚落，差点撞倒我
冰面的裂缝撕开，潜艇刺出毒刺
啄木鸟的尖嘴裂开口子
黑色的信息喷溅出来
回老家的路被塌方堵死

子　宫

这个碎片化的世纪
如一堆碎纸，太适合写星火般微小的诗
那高贵的火花，包含动能的种子
好像是从时间机器大鸟的身上
随意掉下来的羽毛
散落在黑白相间的四周
你推开厚厚的毛毯
多年的积雪

有人说
留下深刻的文字
便是留下深刻的足迹
我想，能把一首诗写完写好
是天助也，纯属意外
其实，是诗歌自己孕育自己
像野生动物，在长久的被忽视中默默生长
写作者仅仅提供一个勉强适合的子宫

嘴 巴

你脸颊上的一滴泪
停留多年
恰如白玫瑰上的露珠
迟迟不愿落下
让我吻掉它吧
梦中遭受惊吓的孩子
绿色的眼睛望着太阳
小火焰无言地交谈
心不会关闭

匆忙的脚步不是自己的
刹住时间的车轮
已不可能
春天围困了一口池塘
鱼儿有话要说
但是，嘴巴一定要管好
一定要忠于水稻的辅音
和蜻蜓的悬停，深夜
绿头发的孩子
从土星归来，满身尘土
和光芒

最强大的

多年前，我为这片植物的种子
写过一首诗，那是某人的冬季
球状的种子从远处滚滚而来
困顿于旅途的低洼处
黑乎乎地蜷缩在寒风里
呼吸极其微弱

当时我好似可怜的父母
担心远游的孩子
他们能不能活到春天
能不能遇到温暖的怀抱

今天，细雨无尽，春意无限
我站在他们郁郁葱葱的茎叶面前
感到普通生命的力量不可限量
远超人的理解和想象
从前的担忧纯属多余
真的，宇宙中最强大的力量
就是种子基因繁衍之力量

有人说，科技有最神奇的力量
我说，科技同时也有最邪恶的力量
令人向往又令人感到恐惧

只有生命种子的力量
给人的全是向上的喜乐

愿你是一粒繁殖无限的种子
总能挺过艰难的日子
愿你有温暖的怀抱
接纳那些表面看来衰弱可怜的幼苗

东冲黑礁

海边昏昏欲睡的黑礁石
一看见我
就瞪大双眼，异常清醒
想开口说话，叫我兄弟
噢，它还没有长出嘴巴
只好猩猩一样胡乱比画

因为我灰暗，如灰鲨
可以自由来去
在沙滩的最北角，长久伫立
也可以坐上民间的摩托
经过崎岖的山路，急速消失
到大鹏所城寻找街边的美食

第三辑
情　诗　集

Oh，Mama China

Oh，Mama China
你又回到我梦里
微风轻飘百叶裙
林间奔跑着可爱的幼兽和你数不清的孩子
孩子们是蒲公英种子
轻盈，绕过粗大的树干，随风远去
散布在地球的每个角落
孩子们都是好样的
落地生根，生根发芽
长出一片片茂盛的家

Oh，Mama China
Mama China
我给你梳妆吧
用外婆留下的檀木梳子
给你扎上红头绳吧
做我的新嫁娘
你有五千岁吗？还是一万岁
发梢上挂着新结的桂花露水
叫人不忍心碰碎
我想不起你幼小时的装扮
记忆里你总是那么漂亮
总是二十岁的模样

而我就要告别青春年华
我会继续，不会停下，直到有一天倒在你的脚下

Oh，Mama China
Mama China
太阳升起来了
芒果竖起大拇指，园子里弥漫春天的香味
还有夏天的香味，秋风静止
草地上善飞的蝴蝶，像不像我？
今天我给你做馅饼吧
哦不，是包粽子
我要包天底下最好吃的粽子
今天我们的梦会不会漂进同一条河里
今天的风好凉爽呵
转眼就吹干草尖上的瓦房
和遥远故乡的五月伤

Oh，Mama China
Mama China

爱

我的双手
穿越稀薄的冬季
握紧你的十指
温暖心中的火炉

我的心
跳动在你的心间
一丝忧，一丝喜
孤独和甜蜜

我的眼里
是你透明的视线
温柔的水波所及
万物一一变暖

你走过的路上
留着我的朴素脚印
不管浅，不管深
一直在往前延伸

我的梦啊
总流连在你的梦乡
一起落荒而逃
一起飞向月亮

不确定

我知道，你就在人群之中
不然，人群就会骚动不安
我的旅程就会走投无路
但我不确定
哪一张美丽的面孔属于你

我知道，你就在我的梦里
不然，我会在梦里迷失和哭泣
醒来也找不到前行的勇气
但我不确定
你逗留在梦里哪一个环节

我知道，你就在近旁的彩云里
不然，雨会一直下，花不会开
整个春天没有踏青的日子
但我不确定
头顶之上，你驾哪一朵祥云

我知道，你就在我心里
不然，心是一个难懂的东西
我没有理由沉静和欢喜
但我不确定
你何时走出来，显露你真容

双　飞

天空中的一只飞鸟
飞向太阳，途中
心脏停止跳动

坠落时
被闪电击中
燃烧成火球

葬身东边的大海
恰如很多人的萌芽

而我们的爱情
让我们顺利度过
所有的艰苦岁月

单飞容易突发事故
而不能及时
得到救治

所以，相爱的人们
你们要时时比翼双飞
彼此照应

动　心

她太别致妖媚
人们见之，无不赞美
仙人动了凡心
少年动了春心
歹人动了善心
魔鬼动了佛心
而我
真的真的动了诗心
（你说，诗心是歪心。也罢）
她就是一首绝美的诗
可以默默地读一次
一次就是一世啊

对岸是云

我正在你的心空穿越，你可能不知道
你的心如月光
我如飘雪

我正在你的心空钻探，你可能不知道
那么多粉尘飞扬
粉尘都是钻石和金子

我伤心地离开，你也不知道
我一点也带不走
美好的零零碎碎

我把翻动过的一切都还原
就像我不曾来过
就像你从不知道

繁　衍

在低温季节，湖里长满绿丝藻
它们乐于繁殖
水下有它们偌大的乐园
它们的终极目标是幸福地挤破春岸

爱人啊，你的空虚寂寞　加上我的
可能等于快乐幸福
你的激情烈火　加上我的
可能要爆破那些橡皮擦子

这不可怕，不可怕
一切可以重来
如果在灰里我们还相互认得
那我们就从灰里再来一次

恭　迎

搬一把椅子
坐于空旷的草地
恭迎第一缕阳光
令人愉悦的温度和湿度
草叶的清甜味
环绕周遭

坐在阳光下
陷入半梦半醒的边境
鸟鸣和车鸣是微小的背景音
我恭迎你的到来
令人安定的土地和树林
即将成熟

你骑一匹黑马
从森林背后飞来
奋蹄，嘶鸣，刹住
落在白纸上，黑云消散
我起身环顾
用左手安抚跳动的心

该我做的已经做完
伤痛愈合，已无大碍

从今天起

我要平静地、平静地

恭迎你的到来

神圣的女王，未来的主

红　莲

我见你在微波上张望
几分不安，几分怅惘
眸子里闪烁迷人的春光
春光总被愁云遮挡

你是在寻找
不经意间被你错过的采莲人
还是在等待
辜负你的人回心转意

可是，你要知道
不管是被你放弃的
还是辜负你的
都已经风一样吹远，水一样流走
与你再次邂逅
可能是八百年之后

请珍惜你的眼前
你是红莲，我是青鱼
我们在水里耳语
是一对好邻居
我喜欢你的红裙子
你喜欢我的青布衣

我的红莲，星空是平凡的
但若有人望着星空思恋你
星空就是神奇的
纸是轻薄的
但若纸上有你的名字、我的吻痕
纸就是珍贵的

回　望

我们相距不算远
不过是，你在宇宙的正面
我在宇宙的对面
我们分开没有多长时间
不过是，你在未来的某一天
我在遥远过去的某一年

让我在遥远的时空深深地回望
那朝露，那金色夕阳
那故人，那轻言妙曲
让我在遥远的未来的某个角落
回望今天的时代
犹如一个老朽的长者
回望他当初静默的胚胎

灵魂离开人间几亿年
我在宇宙深处深情地回望
遥远的地球上的你
虽然可以全息地感应
却不能牵手同行
心在宇宙的深深处寻觅爱的幽影

假　如

假如有一天，我擅自进入你的领地
请不必惊异
我是一个善意的过客
被你的风景深深吸引

假如有一天，我们发生了亲密关系
牵了手，走出梦境
在人群里奔跑嬉戏
那是天意，不要躲避

假如有一天，我们相互搀扶走进暮色
那是幸运的人儿最好的结局
你一定欢喜
我一定珍惜

假如有一天，我从你的视线无声地消失
一定是风把我吹到荒野天际
请不必寻觅
孤独原本属于我一人

简　称

我，你，剪刀布，这个世界
简称我们
我和她，学生和老子
简称我们
我和寂静的影子
简称我们
行动，完成，内核，昨天
简称我们
毫无边际的生活，有序的椅子
简称我们
我们，小空间里的我们，一起漂流
简称爱

揭开序幕

害怕惊醒沉睡的五步蛇
时空缓慢地波动
犹如两个心海融合时的节律
踏上渴慕已久的幽径
该享受片刻的欢愉
四周彩云轻轻摇曳森林
前天他们受尽折磨，遍体鳞伤

即使他们身处在迷茫的两端
海陆空都没有路径相连
也有相遇的可能
前提是，他们要找到秘密的接头地点
传递清晰的信息
这个，无人能帮上忙
而秘密，就藏在他们自己的心间

即使他们身处悠远时间的两端
一个地老，一个天荒
也有机会相见
前提是，他们的慧眼要相互凝视
并且认为对方是人群中最别致的一位
如此，便苦尽甘来
如此，新日子揭开了序幕

莲

一个连的兵力
在淤泥昏暗的世界
坚定地寻找出路
冲锋陷阵，一路奔到水中央

感觉到水的温柔
可以舒一口气
不久发现，这里氧气不多，光线稀缺
常常浑浊不堪
动物们狡黠地厮杀
漩涡加陷阱，四处潜伏

继续向上攀登，解开暗流的羁绊
终于突破城墙
看见杯底

莲
发现一个活脱脱的新世界
有明媚的光，发觉自己多么华贵
有轻柔的风，可以摇曳，旋舞
裙子展开，一个季节跟着喝彩

在自由的空气里
一朵素洁的莲花
养一群安静的孩子
这仅仅是开始

路　过

路过此地
你正盛开
作为采蜜高手
我决定在此逗留一天
如果一天就是一世
隐士头戴斗笠
在市井画圆

你张开口，叫我先生
喉咙里飞出
一群百灵鸟
这让我惊喜，从此
我成为一个养鸟人
并最终成为
一个笨拙的鸟人

美 酒

在隐蔽的心间作坊
古老的发酵场所
灵魂的微生物秘密地发酵
最终酿成美酒
那味道，微苦而芬芳

端杯的人无不贪杯
豪饮不止，舍不得放下
直至飘飘然地沉醉

回味的人一再回味
感觉清爽，有泪潸然
寒冬似有暖阳

如果不是这样
最初的蓝图一定走了样
如果不是这样
一定用错了配方
甚至是误用了假冒的偏方

孤独夜晚的伴侣
慢慢耳语，轻轻呼吸
春风化雨的催化剂

谁有幸得到
谁就是快乐的幸运儿

易碎品。请小心轻放
禁止倒立
绝不适合快餐

不然，后果自负
不然，我们都不懂
它朴素的定义
不然，我们都辜负　它神圣的光临

那错觉

那错觉，是美好的
有一天，我们回到从前
大梅沙的沙滩上
铺满梅花
再铺一层雪花
一架原野般大小的婚床
海里不是凶恶的海浪
不是吞没渔船的大口
是望不到边的
翻滚的春天
和我们长长的足印
这时，我们发觉
我们是喜欢春天的鲨鱼
是喜欢鲨鱼的渔夫
是喜欢晒太阳的雪花
是喜欢留在天空的
浪漫的降落伞
雪花乘坐降落伞
在阳光的眼皮底下
飘来飘去
爱情的密码啊，好似蓝色流星
纷纷从天而降
那错觉，多么美好

那时，你蝴蝶一样

那时，你蝴蝶一样飞来
轻轻落在我的心尖
我荒原般的心开始了美丽的跳动
盛开成一朵多蜜汁的花
你采集苦涩，留下甜蜜

因为你给予无限的爱
我重新发现了你
宽容，慈悲，玲珑剔透
因为爱你
我也发现了自己
可以爱，可以完成，可以承担
可以沐浴幸福时光

你的头发有兰花的香味
那是来自遥远山谷里的幽香
你的眼睛闪射动人的波光
我总想看，看不够
你的嘴唇好似染了桃红
说话时桃花盛开

你的指甲好冷
让我一心想牵，想紧握你的手

你身上的花豹斑纹
让我惦记亚热带丛林里的动物
那时你还不是我的妻子
那时，你蝴蝶一样飞来
轻轻落在我幽暗的心尖

男　子

在暗处抽烟的男子
他自己就是一截烟

明的时候是燃烧
灭的时候是准备燃烧
一明一灭是谓道

这个痴情的男子，在暴雨中
为他心爱的玫瑰撑着伞

他就是这里的野兽
一个静音的核潜艇

被自己命运无形的手夹着
慢慢地被抽，一明一灭

你花开的

你花开的声音
只有我听得见
我的耳朵专为你打造
你在八百里之外的呢喃
我听得见

你花开的色彩
只有我看得见
我的眼睛专为你打造
你一年三百六十五天的色变
我一一注视

我是老天爷派来的卧底
专门保护你
在春天的花园，我是跟班
在妖魔横行的路上
我是你最敬业的带刀护卫

一泓清泉

你说你是一泓清泉
那就请你流进我海洋般的胸膛
对不起，你要是进入海洋
就会消失
因为你进入了没有自我的混沌

你说你是一片彩云
那就请你飘进我多云的天空
对不起，你要是进入天空
就会消失
因为你被无边无际的云朵混淆瓦解

我不希望你是清泉
因为地上的污物太多
河道曲折，分支繁复
我也不希望你是彩云
因为天空布满险恶的陷阱
有毒的粒子会入侵你

若你是一泓清泉
就在原来的河道自如地流淌
但是，请保持完整的节奏
若你是一片彩云
就在原来的空间自由地悬挂吧
等着我，等着我来采撷

你稳稳接住我

扔掉多年不用的木墩
腾出空间
请你入住
你是这里的唯一的王

扔掉多余的重与繁
轻松时光
长出翅膀
和你一起从高处滑雪下去

一路阳光疾驰而来
隐隐感觉
阳光伸出太极手
推了我一掌，你稳稳接住我

青梅皇后

从前，一个美女叫青梅，和她的郎君恩爱地生活在江西
与广东交界的山村。有一年，北方战事吃紧，郎君应征去大
漠守边关。临走时，郎君对美女说：等到下雪时，我就会回
来与你团聚。于是在每年下雪季，美女就会在梅关古道守候。
可是，一直没有等来郎君。千年之后，美女被尊称为青梅
皇后。

雪花雪花
那是来自远方的信札
可是，展开在手中就融化
看不清信上写了啥

所以青梅
一直在石道边守候
青涩的衣袖，沾满雪白的离愁
多少次日月飞走
多少个春秋轮流

大雁飞过啁啾
白虎路过低吼
手臂挥起又放下
笑容展露了又收

石道石道已经古旧
青梅青梅守望成皇后
就让青春永留
就让思念寸断
郎君早已埋骨在荒丘

漫天大雪覆盖了沙场
一年一度梅花香
一年一度青梅想
因为郎君识得梅花香

热恋中的人

你常常见我一个人
走路，静坐，或是写字
孤单单，不和鬼混
不与人来往
但我并不感到孤独
因为，只有在一个人的时候
我才有机会与诗神恋爱
偷偷写着情书
不愿意被人看见
见有人来，我就像个贼
必须佯装，做一些通俗的事

尘世如冰，刻薄冷硬
我可以告诉你，兄弟
我同时在多个世界旅行
不必为我担心
不必找心理医生
我很安全，很健康
但是，作为热恋中的人，眼睛是瞎的
看不见身处陷阱
耳朵是聋的，听不见忠告
心智是低弱的

被恋人的甜言蜜语迷昏了头脑
可是，我要告诉你
一个孤独的人，唯一能做的
就是恋爱和写诗

若不是

若不是爱的手掌轻轻托起
鸟儿一定会沉落
沉落在黑暗的地底

若不是爱的手掌轻轻托起
星星一定会坠落
夜晚将变得毫无光彩

若不是爱的手掌轻轻托起
人一定会沉沦
在最深的深渊蹒跚，见不到未来

弱　光

一个电子带着正电荷
在黑屋子里胡乱飞
从不留下轨迹和证据
另一个电子带着负电荷
也在黑屋子里胡乱飞

他们会相遇
他们知道彼此的讯息
却叫不出对方的名字
他们的眼睛雪亮
却看不清自己的路径

多么幸运，五亿年的修行
他们相遇，紧紧拥抱
相互咬住，跳起剧烈的
双人舞，只一瞬间
一道弱光闪过，他们化为乌有
故事从此展开

三　月

阳光、空气、水和诗歌
如果都是干净的，或者杂质可以容忍
就是我生存所依赖的
充分又必要的条件
获得它们，无需一场战争

如果都不干净，我的皮质将包满危机
犹如摄食过多的重金属盐粒
我是一棵纯粹的植物
开满了看不见的花朵
花朵自己跳下枝头，到处跑

在瓷器作坊，精心打磨火里的花朵
经过火疗，安静下来
我做不了别人的神
但我早已是自己的神
迷途时是自己罕见的导师

沙漠里一个旅人的迫切愿望
就是在水面拍出浪花
而不是扎进深处
恋爱时我们目光温柔而短浅
感觉很好，一切浮在表面

闪电的女儿

一旦相遇，便生闪电
不管双手是否牵紧
不管脚步是否跟随
因为两颗心充足了电
两团微小的火花燃烧到一块
变成一团大火，冲天而起
两个人的命运就这样烧结在一起

你说，当我遇见你时
你最美的季节已远在身后
你说，你的心已经结了冰
胆小的人无法靠近
靠近就会冻成冰
我坚信，这些都是事实
后来的实践证明，果然如此

你说，你的心是残缺的
直到我拥有了你的心
啊，我拥有世上最大的宝石
你的心淳朴、善良、至美
其实，我的心是残缺的
直到我拥有了你的心
闪电的女儿多么神奇，故意走漏消息

书　签

拾起一朵紫色的落英
夹在青春短篇的第一章
于是我常常翻开春天
遇见美丽而落魄的骚动

拾起一片红黄的落叶
夹在人生长篇的后半部
于是秋天在山海间安坐
许多次失败带来了宁静

你也是某个人的书签
被安放在一本秘密的书里
每当他开始回忆
你一定是他鲜活的主角

说不定

说不定，百年之后
我们还会在某月某天相遇
还会在老地方相遇
说不定，我们相遇时
还会说出同样的傻话
生活的教训早已忘掉

说不定，我们会牵手，会拥抱
在水上漂，躲进石屋
说不定，我们能够相爱
一辈子，相爱一辈子
跟这辈子一样
一定的，这说不定呵

一辈子，好长，像今生
长得令人生厌
一辈子，好短，像今生
短得来不及说声对不起
短得来不及多说几次我爱你
来不及细细品味

爱情带来的美味佳肴
以及随后而来的迷魂散

那是糖衣包裹的好看的毒药
我们一一吞下
——接受命运的摆布
当然还有时光慢慢发酵的滋味

说不定，你会变成蝴蝶兰
那么，我一定变成蝴蝶
说不定，你会是一阵风
那么，我一定是跟随你的
另一阵风，紧紧跟随
紧紧依偎

有　缘

你曾经所见的
不管记得，还是不记得
不管你喜欢，还是不喜欢
都与你有缘
过去的影像
会在梦中反复出现
成为你心海里的一根根小弦
发出美妙的音响

你现在所见的
不管是一见倾心
还是相见恨晚，或是不如不见
不管是日夜相守
还是转瞬即逝，犹如落花
都与你有缘
你的旅途因此不孤单
并有可能圆满

你即将所见的
不管是心所向往，渴慕已久
还是半路上不期而遇
不管是吉祥之云
还是不祥之雾

都与你有缘
一个也不能怠慢
你要知道
你的人生因此才得智慧
生命因此才得涅槃

他　说

他说整个宇宙是忧伤的
当他失恋
他说他虚度了光阴
当他再次失恋

常常发誓，如果下次不成功
就永别情场
可是，发了毒誓，也没用
他又陷入爱河

恋爱的时候，鬼也拦不住
因为他坚信，恋爱
并没有浪费生命

所以，不恋爱的时候
就在为恋爱做准备
如此循环，没有尽头

很想唱

我很想唱一支歌
一支青春永在的歌
酝酿很久，终于发声
才喊一声
青春就闪电般远去了

我很想唱一支歌
一支恒久爱情的歌
反复修改歌词和曲调
可是呵，甜蜜的开始
总是有酸楚的结局

我很想唱一支歌
一支辉煌人生的歌
成功的，还是晦暗的
多彩的，还是虚白的
一直在追问
一直得不到答案

听见自己的灵魂在歌唱
用青涩的嘴唇
唱着无声的散板
终于，一个春天来了
冰层之下，血流无声

我豢养的

我豢养的文字是蚊子
在黑暗里飞舞
寻找血腥的战场
一截美味的血管

你是一个母文字
繁衍出众多的文字
呼啸而来，野草一样覆盖
堕落的灵魂，伤病的心

我在半夜被咬醒
血液被吸干，一具木乃伊
站起，愤怒地拍死
一只大腹便便的母蚊子
——嗜血成性的女王

在千万只蚊子中
有一只最可怜
断了翅膀
迷失方向
误落入我的怀中

我是光，他们见光死

你是绿叶，他们躲在你的下面
只要我照耀你
世界就充满生机

我是激光，照亮你和世界
这是幻觉
真相是，我是蚊子
专门吸你的血
你是文字
专门吸我的血

我　们

我们走在同一个光滑的球面
同一个粗糙的曲面
却难于见面
他说给我换副高档的枷锁
那天月亮的叹息
洁白，充满针眼
太阳因燃烧而完整
我们必须醒来，必须完整
他把那天的关键词
排成九维空间图形
一只鸟在里面飞行，赶往婚礼
久违了，兄弟

兄弟，我们是两个转动的轮子
漏光了气，等待重启
具有两个轮子的阴影
在天空快速移动
超越我们加起来的思念
具有四个轮子的阴影
在冰面快速移动
超越核心里的核心
具有八个轮子的阴影

在树梢快速移动
超越我，他们超越我
比我先进入同一个安静的蛇洞
一辆高铁在我的体内休息

我是一只鱼

　　姚贝娜唱过一首歌《我是一只鱼》，唱得太好了，令听者肝肠寸断。我作为养鱼人，为之惊叹不已。姚贝娜最后做的一件事是把眼角膜捐给需要的人，这令我肃然起敬。姚贝娜通过别人继续看着这个世界，继续爱着这个世界。把自己的全部器官都捐出去，一个细胞也不留，是我的愿望。

委屈你了
你依旧在这里
小小的玻璃屋，清澈的水
一如我不大的掌心
安静、安全、温暖
你也是自由的
你唱，你写，你跳，你飞
每一样我都喜欢，都赞赏

委屈你了
我不忍心放你回缥缈的江湖
江湖太险恶
人世太龌龊
污染的魔鬼还会伤害你脆弱的基因
不要去北京，不要去武汉
不要去纽约，不要去巴黎
哪儿也别去

当有一天，我也是一只鱼
就进来　陪伴你
我背你到海里
比翼双飞，巡游两万里
那么多贝壳一直跟着我们
你会喜欢的
你会永久记住所有美丽的往事
而不是短暂的七秒

鱼

我是鱼，一定喜欢水
她说她是水
我信
我是鱼，肉质好
她说她最喜欢吃鱼
我豁出去了

我们都驶入快车道
谁也不会为谁停下
这是天意
没有谁错
但不管她在哪
我一定要游进水里

这座山空了一季
不可能再空下去
因为我们来了
两块饱含燃油的岩石
被命运的铲车铲在一起
因为剧烈碰撞而燃烧在一起
因为鱼和水在一起

喜 悦

一粒尘埃
感应另一粒尘埃
宇宙喜悦
一个人
遇见另一个人
宇宙还是喜悦

大道中心的
那把椅子，空置多年
时间飞来，落座
打一个结
每个人都是时间的
解不开的结

如何解开
无人知晓
其实，解开不如解脱
一切似是而非
时间蛮横，无需解
一切还会重生
所以无需纠结

随风而去之前

人必骚动，徘徊不前
糟蹋美景良辰
辜负初恋
每个人都是
他自己历史的起源
与终点
他自己的无解之结

在场与不在场
都是幸运的
生与不生
都是圆满的
相遇而不见
如一阵风穿过另一阵风
相遇而相见
那是美妙的发现
喜悦的起点

献　诗

一直想写一首最美的献诗
献给最爱的人
可总觉得写出的文字牵强别扭
不敢献出
是我才华不够
是我爱得不深厚

一直想唱一首最美的献歌
献给最爱的人
可唱出的歌一直不达意，不动听
面对她，无言的时候居多
是我五音不全
是我情不真意不切

于是我反反复复练习
在反反复复练习中虚度了年华
漂流了美景，消磨了锋利
当自己觉得大功告成
有胆量前去敬献的时候
花落，叶也落

幸好有爱

世界上有什么样的精彩
比得上神圣的爱
当两块相距遥远的冰
在茫茫大海相遇
激烈地碰撞，点燃对方
也愿意被对方点燃
两块孤独的冰
化为一股激流，幸福地奔腾
化为海水，再也找不到彼此
回不去故乡和从前
变不回自己
那就一起周游流浪

世界是个小棋盘
生来就是棋子的命运
谁也逃不过
幸好有爱
陌生的命运可以交流
连接在一起
欲望这只无形的手
武断而强力，可爱又可恨
推动每个人奋力去爱
迁徙，流动

攻击与防御
吃鱼的鱼被更大的嘴吃进
幸好有爱，可以延缓这一进程

幸亏有一扇窗

幸亏有一扇窗
可以看见春天
可以看见白云和飞鸟
阳光可以照进来
雨水可以落进来
我可以拥抱你
你也可以拥抱我
一年一次
像南方的水稻
在稻田里互唱情歌
更远处
一定是大海和城镇
全部隐藏在微尘之中
幸亏有一扇窗
开在疲惫不堪的轮回里
开在嘶哑的歌喉里
你会听见　我爱你
你会听见　我爱你

隐秘的

我宁愿
诗是奇花异草
兀自生长在某个隐秘的角落
只有勇敢的心
才能摆脱时间的挟持
前往探索，采撷
发现的过程出人意料
惊险或乏味
好像梦游的火鸟
飞入月亮的梦中

我常常漫游在隐秘的时空
呼吸芳香，感觉美妙
周身被福喜浸泡
浮游在多姿多彩的轻风里
好似金色蜻蜓
天色已晚
却不思归
巧遇另一只动物
双双进入梦乡
另一个隐秘的王国

鱼浮头

一千条鱼探出头
等他们的爱人
从月亮上归来
一千个小岛
在微波里浮动
发出求救的信号
爱人不见
电线短路

养鱼人清早巡塘
像士兵巡逻边境线
头顶雨帽
脚踩高跷
他的爱人跟在后面
又胖又黑
唠叨着外语般的土语
只有他懂

与虎谋

你逮着一只母老虎
不要她的花毛
不要她的细腰
不要她的药骨
不要她的皮袄

你解除警报，拆散武器
母老虎放你一马
你绕道进山
你想与虎
谋食
谋地
谋子孙

月　光

不用您明示
我自知：自己是一只蚂蚁
蚂蚁中最卑微的那只
走过很远的路
依旧离目标很远
走过很久的时光
依旧走不出故乡的水田
看见你时，我已经苍老
放弃先前的图谋

当我看见月光
久违的亲切的目光
照进小窗，在字里行间流动
一个人流动的故事
我搁下笔，烧柴御寒
你在月光下梳洗打扮
传出优美的气息
空空的山林
多桃胶的树枝从土里坐起

如果您愿意
我们结盟
一起建立一个蚂蚁王国

你为唯一的蚁后
养育数不清的小蚂蚁
我愿意做兵蚁
一生为你搬运粮草

在世界僻静的一角

在世界僻静的一角
打开折叠床
和衣躺下，进入梦乡
身在星空间飞舞
心在幻景中变形

把宇宙纳入心中
把肉身化入泥土
肚子越来越大
挤满宇宙微小的碎片

多好，我们还不相识
多好，茫茫人海中
我们偶遇
有过简短的交谈
结伴走一段旅途
于是，轻松地说再见
再也没有相见

多好，相遇而不相识
就像森林里的两棵树
就像大海里的两条鱼
就像我与你

现在和未来都不会分离
不必记得今夕何年
不必在意身在何方

葬月亮的人

你盯着它时
它几乎静止不动
比你更直白
消耗了皮毛
你一移开视线，忽视它
它就生长，迅速强大

他表面沸腾
她深处结冰
在汪洋大海里育肥成熟
返回破败的老祖屋
繁殖后代
一幅可信的生活画卷

在可读的与不可读的情节里
你适合唇语
高明的哑巴
而我喜欢私信
葬月亮的人在夜里徘徊
等待最美的敲门声

造化如此愚弄

远古时的那根心弦
早已沉默
唯有稀疏的回音
还在清澈的波浪里传播
与此心共鸣

所谓刻骨铭心的记忆
不过是酒后的幻影
回头，雪落屋静
杯倒，人已去
炉火燃尽

相爱，不能相拥
又何必隔世一个飞吻
放下灯盏
平息波涛
免得再次燃起冲天的烈火

谁不渴望平静的生活
谁能决绝地离开
忧伤的地球
那忧伤的人
也有甜蜜的风暴

在黑暗里摸一副眼镜
颤抖的手被碎玻璃扎出血
那一霎的流注
被庸常的尘埃封住
一堆雪，冒着热气
金花飘落其上

落草为王
鸭蛋沉海
芝麻开花
如此造化
没有谁愚弄谁

这么厚

这么厚的岩石
高铁如何穿过

这么厚的胶水
鱼儿游不动

这么厚的迷雾
你住哪一屋

这么厚的玻璃
人生如何演绎

你是宇宙的一滴血
飘落在我心里

一条河分裂成两条
两条分裂成一个海

你我适合散步郊野
在泥土里流连星月

蜘　蛛

两只蜘蛛
在茫茫星辰的偏僻一角
相遇，一起赶路
结网
安家
生育
燃放不温不火的烟火
任凭时光漏掉

他咬她一口
她咬他一口
他喝她的血
她喝他的血
他喂她一口药
她喂他一口药
苦乐参半
如此有戏
有情节

纸醉了

蜜蜂飞过
甜言蜜语滴落在纸上，纸醉了
读到信件的人，醉了

当我醒悟，开始写诗
诗歌居住在纸上，纸醉了
多年后再读，我更加清醒

我酿造那么多美酒
全部供神鸟饮用，它有美丽的飞翔
它有动人的歌声

走着走着

走着走着，忽然就无声地飘下一场雨
整个城市的大街小巷忽然就盛开五颜六色的花
杜英、紫薇、龙船花、鸡蛋花
每个人的头上都开一朵漂亮的伞花

悄悄地　静静地落一场雨
悄悄地　静静地恋一次爱
这是人间平安喜乐的一幕。我遇见一场又一场雨
以及一地又一地被忧伤打湿的蝶恋花

每一次遇见，都在心里留下印痕
或者成为梦中神奇的片段
或者在未来的某个时刻发酵成为飘逝的灵感
走着走着，你就消失在青春的花园里
走着走着，你就走进我心深处

最美的

曾发誓
要阅尽人世最美的风景
于是，我流浪，漂游，旅游，周游列国
甚至前往外星球
最后才发现
最美的风景仅存在于诗篇

曾发誓
要阅尽人间最美的诗篇
于是，我翻阅古今，苦读中外
却发现，所有诗篇总有瑕疵
最美的诗篇仅存在于生命最美的刹那

于是，我刻意等待，我自己的
或者别人的，那灵魂里最美的刹那
不停地寻觅，探索，期待
却一直没有遇见
我因此虚度了整个人生

谁能捕捉生命中最美的刹那
最美的，可能是最苦的，都不曾经历
但我可以确定，每个人都可以完成
他自己最美的诗篇
不是写出的，不是唱出的，不是肉体的
就在相爱的最初的一刹那

后记：怎样让一首诗朴素地成长

与日月同样长久的是思想
比思想长久的
是美丽的诗章
怎样让一首诗朴素地成长

长得自然，美丽
让人一见钟情，再见深爱
野草中的一棵白杨
沙地里的一株麦穗
这手艺需要千锤百炼

一次灵感，是上天赐予的
一粒宝贵的机遇
要撒在肥沃而率真的土壤里
才能生根发芽
而修成正果还要漫长的培育
驱赶害虫
修剪多余的枝蔓

远离喧哗才能飞翔
远离时代，你才能看清时代
不是时代抛弃我
是我主动离开

时代越是堕落
我越是获得向上的力量

诗人富饶淳朴宁静的心
是最好的土壤
诗人温暖激情的血
是最好的营养
这就是诗朴素成长的原理

    金刚　深圳西丽航母山 2019.5.9

图书在版编目（ＣＩＰ）数据

和深圳一起开花 / 金刚著. -- 武汉：长江文艺
出版社，2019.12
　ISBN 978-7-5702-1313-9

　Ⅰ．①和… Ⅱ．①金…Ⅲ．①诗集—中国—当代
Ⅳ．①I227

中国版本图书馆 CIP 数据核字(2019)第 271976 号

责任编辑：胡　璇　王成晨　　　　责任校对：毛　娟
封面设计：吕袭明　　　　　　　　责任印制：邱　莉　王光兴

出版：　长江出版传媒　　长江文艺出版社

地址：武汉市雄楚大街 268 号　　　邮编：430070
发行：长江文艺出版社
http://www.cjlap.com
印刷：武汉市首壹印务有限公司

开本：880 毫米×1230 毫米　　　1/32　　印张：8.5　　插页：2 页
版次：2019 年 12 月第 1 版　　　　2019 年 12 月第 1 次印刷
行数：5527 行

定价：39.00 元